IL ÉTAIT UN CAPITAINE

DU MÊME AUTEUR DANS
Le Livre de Poche Jeunesse

Les Cahiers de Baptistin Étienne

Jehan de Loin

En Égypte avec Bonaparte

Grand Prix des jeunes lecteurs 1989 (PEPP)

La Troupe Sans-Pareille

Prix jeunesse Saint-Dié-des-Vosges 1994

Les Chemins de Yélimané

Stationnement interdit

Surf en eau trouble

BERTRAND SOLET

IL ÉTAIT UN CAPITAINE

Illustrations :
Bertrand Solet

HACHETTE
Jeunesse

À mes amis
les commandants
André R... et
Victor E...

Chapitre 1

Au journal

Maxime repoussa d'un geste la pile de dépêches en provenance de l'agence Havas. Aucune nouvelle intéressante ce jour-là. Calme plat dans tous les secteurs. Du moins, en ce qui le concernait.

Il jeta un coup d'œil furtif vers les bureaux voisins. Personne ne lui prêtait une attention particulière dans la salle de rédaction. Chacun travaillait pour soi, à sa table, le cigare aux lèvres. D'ailleurs, la plupart des articles étaient déjà rédigés pour le numéro du lendemain.

Alors, il tira de son portefeuille la lettre d'Agnès. Un frais parfum de lavande s'insinua dans l'atmosphère chargée jusqu'ici d'une odeur mêlée de tabac, de papier et d'encre d'imprimerie.

Les Grands Boulevards

Il connaissait la lettre par cœur :

« 31 octobre 1894

Mon cher cousin,

Maman vous rappelle son invitation à dîner. Nous serions très déçues toutes les deux si vous ne pouviez venir. À bientôt donc.

Votre Agnès. »

Juste deux lignes d'une écriture fine. Cela suffisait pour qu'il se sente à la fois ému et heureux. Encore quelques heures et il reverrait la jeune fille. Voilà longtemps qu'il attendait une occasion nouvelle. Depuis quinze jours, aussi lents à passer que des siècles... Comme Agnès lui paraissait maintenant lointaine et inaccessible...

Il sourit tristement, fermant les yeux, cherchant son image dans les souvenirs anciens... Il la revit, tout enfant, quand elle venait le voir dans la grande maison de Normandie. Ils allaient se promener ensemble à dos de poney, conduits par un domestique aux gants blancs. Ils cueillaient des fruits aigres aux branches basses des pommiers et couraient à travers la campagne. Quelquefois, lorsqu'il fallait traverser un champ où paissait un troupeau paisible de vaches blanc et noir, elle lui prenait la main. C'était il y a longtemps. Avant la ruine de ses parents au cours de l'affaire de Panama[1], avant leur mort accidentelle.

La réalité le fit soupirer. Et puis, par fierté, Maxime n'aurait rien voulu devoir à personne. Pourtant c'était son cousin, le banquier de Lachesnay, le père d'Agnès, qui s'était occupé de tout à l'époque. Il lui avait même trouvé cette place de rédacteur au journal *La Nouvelle France,* dont il connaissait le propriétaire.

Agnès... Il la revoyait maintenant, sortie de pension et devenue très belle. L'enfance ne lui avait laissé que ses grands yeux si clairs, une moue de la lèvre inférieure pour bouder, toujours la même, et qu'il trouvait si fascinante.

Depuis son retour, les hommes se pressaient dans les salons de sa mère. Jamais elle n'était seule à parcourir les allées du bois de Boulogne, le matin, montée sur sa jument d'Angleterre.

La dernière fois qu'il l'avait vue, c'était quinze jours auparavant. Un bal se donnait ce soir-là chez les de Lachesnay. Un bal brillant, avec beaucoup de monde. Agnès tournait aux bras d'un beau lieutenant : Christian de Méricourt, un « postard », c'est-à-dire un ancien du collège des jésuites de la rue de la Poste, célèbre pépinière d'officiers.

Une amie de la famille, la vieille comtesse de Bel-

1. Scandale politique célèbre de la IIIe République. À la suite de la liquidation judiciaire de la Compagnie Française du Canal de Panama, des administrateurs de la Société furent accusés d'avoir acheté des parlementaires pour étouffer l'affaire.

mond, contemplait le couple et disait d'un ton ému, tout en portant un fin mouchoir à ses paupières ridées :

« C'est lui qui nous rendra l'Alsace et la Lorraine. »

Elle pensait au lieutenant. Autour d'elle, les invités approuvaient.

La comtesse n'avait rien perdu de son amour pour les militaires. Malgré une déception encore récente, quand le général Boulanger, au faîte de sa gloire, au lieu de prendre le pouvoir, s'était bêtement enfui à Bruxelles pour s'y tuer bientôt sur la tombe de sa maîtresse...

Et le lourd banquier de Lachesnay hochait la tête en l'écoutant, semblant se dire qu'un de Méricourt, après tout, ne ferait pas un mauvais parti pour sa fille.

Ce soir-là, Agnès, très entourée, avait à peine adressé quelques mots à son cousin. Peut-être en avait-elle du regret maintenant ? D'où cette lettre inhabituelle, faisant suite à l'invitation de sa mère.

Maxime aimait Agnès depuis longtemps, de toute son âme. Et ce n'était pas une chose simple que cet amour. La jeune fille semblait l'accueillir en général avec faveur. Mais quelquefois, il se sentait trop grave pour elle. Il le regrettait amèrement. Les autres la faisaient rire. Lui ne savait parler que de sujets maussades : par exemple, de l'alliance franco-russe, ou bien d'un peintre qu'il avait rencontré : un certain Gauguin, dont personne ne voulait acheter les toiles, et qui allait repartir pour Tahiti. Et puis, devant elle, il se troublait, manquait de naturel.

C'était difficile de savoir ce que pensait Agnès, de lui comme de ce Christian. Elle aimait le rire, et le plaisir immédiat des choses frivoles, les bals, les toilettes, les spectacles... Mais quelquefois il lui semblait qu'elle devenait brusquement différente, frappée d'une sorte d'inquiétude pour l'avenir, recherchant autour d'elle le sens profond de sa vie, comme chacun le fait quand le temps du rire facile est dépassé. C'est à ces moments-là qu'il rêvait de la rencontrer, de lui dire pour l'avenir des choses graves et belles...

Et puis, brusquement, il se demandait si elle était bien ainsi, telle qu'il l'imaginait. S'il y avait bien en elle cette deuxième Agnès, sans qui rien ne serait possible. Si cette Agnès-là n'était pas seulement le fruit de son imagination.

Il soupira encore. Quels que puissent être les sentiments de la jeune fille, il se dresserait toujours entre eux comme un fossé infranchissable, cette énorme différence de position et de fortune. Cela comptait aussi. Il n'était que le pauvre cousin éloigné d'une riche famille de banquiers, connue et respectée.

Ses réflexions prenaient un tour désagréable. Heureusement, le petit Corbier entra en coup de vent à la rédaction. Un planton, l'air affairé de celui qui porte sur ses épaules tout le poids de la bonne marche du journal :

« Le patron demande Barbier et Dumas tout de suite ! » lança-t-il de sa voix de fausset.

Maxime se leva en même temps que son ami François Barbier. Celui-ci était un homme mûr, aux cheveux déjà grisonnants, sympathique, droit et juste. Le directeur l'appelait : « ma conscience », quand il était de bonne humeur, et : « l'anarchiste », le reste du temps. Bien que Barbier se défende de la plus petite sympathie pour Vaillant ou Caserio[1] par exemple.

En marchant vers le bureau directorial, Maxime priait le ciel pour ne pas se voir confier un travail qui l'empêcherait le soir de rencontrer Agnès.

Chez le directeur se trouvait déjà Morin, le gros rédacteur en chef. Ses yeux étaient baissés sur le tapis. Cela voulait dire que le patron allait encore crier.

Pourtant ce dernier semblait d'apparence assez calme. Il invita les journalistes à s'asseoir, consulta la montre en or de son gousset, alluma un cigare. Puis, se levant, il commença ce que l'on appelait dans la maison sa danse du scalp, c'est-à-dire une sorte de marche enveloppante autour des sièges, les mains derrière le dos, la tête rentrée dans ses épaules. Il ne s'arrêtait que pour lancer des regards noirs sur chacun de ses interlocuteurs, un regard rendu plus aigu sous ses sourcils en broussaille.

« Messieurs, commença-t-il pourtant, je vais sans

---

1. Célèbres anarchistes des années 1893-1894. Vaillant lança une bombe à la Chambre des députés et Caserio assassina Sadi Carnot, président de la République.

doute me répéter. Mais je me répéterai aussi souvent qu'il le faudra pour que vous compreniez : dix fois, vingt fois, cent fois : nous ne sommes plus à l'époque des croisades, ni même à celle de Louis XIV. Je n'ai besoin, au journal, ni de Commynes ni de Théophraste Renaudot. Mettez-vous bien cela dans la tête... »

Ils connaissaient tous le refrain, et soupirèrent en leur for intérieur. Cela n'empêcha pas le patron de poursuivre énergiquement, en martelant ses mots afin de les rendre plus persuasifs :

« Le journaliste de nos jours doit perdre sa déformation de chroniqueur, de scribe accroupi recopiant les événements. Il doit être un homme de flair et d'action, précéder l'événement, sinon le créer... L'invention récente de la rotative permet maintenant à la presse de se diffuser tous les jours par centaines de milliers d'exemplaires, sinon par millions. Tels nos confrères : *Le Petit Journal* ou *Le Petit Parisien.* La concurrence devient sévère et nous pousse. *La Nouvelle France* doit être à l'avant-garde de l'actualité, messieurs, si nous voulons garder notre place et progresser. Et nous le voulons. Je le veux. »

Il s'arrêta, soupira un grand coup. Barbier en profita :

« C'est ce que nous essayons de faire », hasarda-t-il.

Le patron lui jeta un regard glacé.

« Ah ! oui... c'est vous qui le dites... Morin, voulez-vous nous lire ce petit entrefilet dont je vous ai parlé tout à l'heure. Oui, dans *La Libre Parole,* daté du

29 octobre, c'est-à-dire le numéro d'il y a deux jours. Deux jours, entendez-vous ? »

Le rédacteur en chef prit le journal sur le bureau et lut :

« "Est-il vrai que récemment une arrestation fort importante ait été opérée par ordre de l'autorité militaire ? L'individu arrêté serait accusé d'espionnage. Si la nouvelle est vraie, pourquoi garde-t-on un silence absolu ? Une réponse s'impose."

— Cela suffit. Messieurs, je vous pose moi aussi une question : y a-t-il seulement une ligne à ce sujet dans notre journal de ce matin ? Non.

— Personne d'autre n'en parle, dit Morin en guise d'excuse.

— Ce n'est pas une raison !

— Quand même, insista le rédacteur en chef.

— Il faut se méfier, ajouta Barbier, *La Libre Parole* est un journal ignoble.

— Qui a cinq cent mille lecteurs, mon ami...

— Peut-être, hélas ! Mais c'est tout de même un journal ignoble. Le plus réactionnaire de tous. Prêchant dans chacune de ses pages la haine des juifs et des étrangers.

— Je me suis renseigné, interrompit le directeur, c'est justement un officier juif qui a été arrêté.

— Exactement ce que je disais : Édouard Drumont, le directeur de *La Libre Parole,* a commencé voilà deux ans la publication d'une prétendue enquête. Il voulait démontrer que les juifs envahissent l'armée. Vous-même en avez haussé les épaules à l'époque. Aujourd'hui, Drumont cherche à apporter un peu de fange à son moulin d'antisémite. Voilà tout.

— Barbier, vous m'agacez. Je ne veux pas me souvenir de ce qui s'est passé voilà deux ans. Et l'affaire de l'officier accusé d'espionnage n'est pas une invention, mais une réalité, que vient de confirmer l'agence Havas, par cette dépêche tombée à l'instant. »

Ils dressèrent les oreilles. Quelque chose d'intéressant venait de naître. Ils le sentirent par instinct.

« Mon petit Maxime, reprit le directeur, satisfait de l'effet produit, vous allez vous occuper de cela avec Morin.

— Bien, monsieur.

— Nous mettrons quelqu'un d'autre pour vous aider, si l'affaire prend de l'importance... Et puisque Barbier a autant de mémoire, il va, quant à lui, fouiller un peu dans les archives. Il ne sera pas mauvais en effet de rappeler cette enquête de *La Libre Parole.* Entre autres. Sans citer les sources, bien entendu. Nous avions eu des duels à l'époque, des officiers juifs tués. Un certain Mayer, je crois. Cela meublera votre article... Allons, au travail. Rappelez-vous : je veux du fracassant. »

Ils se levèrent aussitôt.

« Maxime, ajouta encore le directeur : faites réserver un morceau de la une, dans l'édition de demain.

— Entendu. »

Une fois de plus, sur le plan du métier, le patron

avait raison. Car tandis que Maxime sortait sur le boulevard pour se rendre au ministère de la Guerre afin d'y glaner quelques informations, un marchand de journaux passa devant lui en courant.

Dans ses bras, *Le Soir* portait un titre énorme. Le marchand criait à pleine gorge :

« Arrestation d'un officier espion ! Tous les détails sur l'affaire Dreyfus ! Tous les détails ! »

Maxime arrêta un fiacre.

Déjà les gens, intrigués, s'arrachaient le journal. Cela ne faisait que commencer.

Chapitre 2

Un certain bordereau

Certains ont dit que tout a commencé, en fait, le 23 septembre 1894, aux abords de la chapelle Sainte-Clotilde, à Paris. Un fiacre s'y arrêta vers les sept heures du soir. Il en sortit un homme trapu, large d'épaules, roux, et rougeaud de visage, en vêtements bourgeois.

« Attends-moi ici », ordonna-t-il au cocher, d'une voix habituée au commandement.

À pas pesants, il s'approcha du porche, et reconnut du premier coup d'œil la femme qui l'attendait.

Elle s'appelait Marie Bastian, était d'aspect vulgaire et complètement illettrée. Elle travaillait comme femme de ménage à l'ambassade d'Allemagne où elle se livrait aussi à une besogne moins innocente que le balayage ou l'époussetage : elle ramassait systématiquement les papiers manuscrits dans toutes les corbeilles à papiers, en faisait des cornets, qu'elle remettait chaque semaine à un officier français du service de renseignements.

L'homme sorti du fiacre était le commandant Henry, un des chefs de ce service, qu'on appelait pudiquement au ministère de la Guerre : « Section des statistiques, rattachée au 2e Bureau ».

Marie Bastian le regarda s'approcher avec étonnement, et une certaine appréhension également. En effet, elle connaissait l'homme et le grade qu'il portait.

Il eut un mouvement très sec de la tête. Elle balbutia un « bonjour, monsieur » presque inaudible. Mais, se reprenant, elle osa tout de même ajouter :

« Ce n'est plus M. Brucker qui viendra ?

— Non, c'est moi. Donnez ! »

Elle sortit vivement de sa poche une enveloppe pleine dont il s'empara. Il grommela alors seulement un vague « merci », de sa voix rude, et retourna à la voiture.

Il avait bien senti la curiosité de la femme, mais il n'allait tout de même pas lui donner des précisions au sujet de Brucker. Lui dire que ce dernier n'était pas sûr, que sa maîtresse l'avait dénoncé comme prêt à se vendre aux Allemands. Et que Brucker, lui, s'était vengé en la faisant condamner à cinq ans de prison pour une raison inventée... Un instant, il songea aux agents qu'il employait : un marquis espagnol, fouinant dans les salons mondains, un ancien policier des mœurs, chargé de surveiller les bars fréquentés par les étrangers. Chacun avait un dossier judiciaire bien rempli. Un faux pas, et c'était la prison ou le bagne. Un service de renseignements n'est jamais un endroit très propre. On n'en étale pas pour cela la saleté au grand jour...

« Nous rentrons ! » lança-t-il au cocher.

Le lendemain matin, le 24 septembre, Henry arriva de bonne heure au ministère. S'asseyant à son bureau, il y disposa la récolte de Marie Bastian. Un de ses collègues, le capitaine Lauth, vint le rejoindre, un homme jeune, mince et froid. À peine était-il entré depuis quelques instants que survint un troisième officier, Matton.

À ce moment précis, Henry tenait à la main trois ou quatre fragments déchirés de papier pelure. Matton s'approcha familièrement, curieux de voir de quoi il s'agissait.

Lauth et Henry échangèrent un regard, et ce dernier, très calme, dit :

« Voilà qui me paraît intéressant. Faites recoller ces morceaux, Matton, je vous prie, et portez le tout au colonel. »

Une demi-heure après, le colonel Sandherr, commandant le service de renseignements, parcourait le document reconstitué. Un document qui allait devenir célèbre sous le nom de « bordereau ».

Il lut, de sa voix rocailleuse d'Alsacien :

« “Sans nouvelles m’indiquant que vous désiriez me voir, je vous adresse cependant, monsieur, quelques renseignements intéressants :

1° Une note sur le frein hydraulique du canon de 120...

2° Une note sur les troupes de couverture...

3° Une note sur une modification aux formations de l’artillerie...

4° Une note relative à Madagascar.

5° Le projet de manuel de tir de l’artillerie de campagne. Ce dernier document est extrêmement difficile à se procurer...” »

Suivaient quelques détails sans importance. Le bordereau se terminait par ces mots : « Je vais partir en manœuvres. » Il était adressé au major de Schwartzkoppen, attaché militaire allemand.

Les officiers du service, au complet, attendaient, immobiles, autour de leur chef.

« La preuve est faite, dit Sandherr. Nous nous en doutions depuis longtemps : il y a un traître au ministère ! »

Un silence pesant s’établit, que Sandherr rompit bientôt en ajoutant d’une voix grave :

« Je vais de ce pas prévenir le chef d’État-Major, et prendre ses ordres. »

Il sortit du bureau, traversa les couloirs du ministère, hauts de plafonds et aux murs gris.

Le général Mouton de Boisdeffre, chef d’État-Major, le reçut aussitôt. C’était un homme froid et fin, poli, à l'allure aristocratique. Il regarda fixement le colonel tandis que ce dernier lui faisait son rapport.

« Très bien, dit-il seulement à la fin. Vous pouvez disposer. Laissez-moi le bordereau. Je vous le rendrai. »

Le général Mercier, ministre de la Guerre, fut mis au courant sur-le-champ. Fort irrité, il ordonna une enquête, immédiate et discrète.

Sandherr commença donc les recherches dans tous les bureaux de l'État-Major. L'écriture du bordereau y était inconnue. Les officiers supérieurs hochaient la tête et levaient les épaules en signe d'impuissance. Les commentaires, en revanche, allaient bon train.

À la fin de son périple, le document revint à son point de départ, pour être enterré faute de mieux, au fond de quelque dossier.

« Affaire classée », dit le colonel Sandherr.

Cependant, le vendredi 5 octobre, le lieutenant-colonel d'Aboville, sous-chef du 4e Bureau, rentra de congé. On lui parla bien entendu de l'affaire qui avait mis en émoi tout le ministère, l'espace de dix jours.

D'Aboville fut fort intéressé. Peut-être n'avait-il rien d'autre à faire en ce moment ? Toujours est-il qu'il se rendit à la Section des statistiques et prit connaissance à son tour du « bordereau ».

Après cela, il se mit à réfléchir. Considérant le contenu du document, il déduisit que le traître devait être un artilleur, en rapport avec plusieurs directions de l'armée. Un officier stagiaire sans doute, qui passe par tous les services.

Il s'en fit apporter la liste, et tomba immédiatement sur le nom du capitaine Dreyfus.

« Ah !... le juif de l'État-Major. Commençons les vérifications par celui-là. »

Coup de hasard : l'écriture de Dreyfus, retrouvée sur des paperasses administratives, présentait des ressemblances avec celle du bordereau.

D'Aboville était tout fier de lui. Il tenait le coupable !

« Un Dreyfus ! Ça ne m'étonne pas. »

Mais son supérieur, le colonel Fabre, présenta une objection de taille à cette accusation :

« Les stagiaires ne partent pas en manœuvres. Il est question de manœuvres dans le bordereau. »

L'objection fut écartée après discussion. Le mot « manœuvres » était sans doute mal employé : en juin 1894, le capitaine Dreyfus avait justement accompagné l'État-Major en voyage d'études dans l'Est. C'était sûrement de cela qu'il s'agissait. Et non de manœuvres proprement dites.

Le général de Boisdeffre fut prévenu de la découverte, ainsi que son second, le général Gonse.

Le chef d'État-Major parut d'abord hésiter. Puis ordonna de reprendre l'enquête sur cette base nouvelle.

L'enquête fut confiée au commandant du Paty de Clam, un officier romanesque et souvent fumeux, vaniteux de ses nobles ancêtres, au front dégarni et aux moustaches ébouriffées[1].

Une affaire grave semblait devoir éclater. Le général Auguste Mercier informa donc le Conseil des ministres, et Casimir-Perier, président de la République.

Ses collègues lui conseillèrent la prudence. En particulier Hanotaux, ministre des Affaires étrangères, fort soucieux des conséquences internationales d'une accusation non fondée.

« Il faut être sûr de ce que l'on avance. »

Des experts graphologues se penchèrent sur les écritures. Gobert, le plus qualifié, expert de la Banque de France, conclut que le bordereau et une page écrite de la main du capitaine Dreyfus présentaient un même type graphique, mais des détails parfaitement dissemblables.

Il écrivit : « La lettre pourrait être d'une personne autre que celle soupçonnée »...

Du Paty de Clam, lui-même, fut hésitant, devant les premiers résultats. En dehors de cette histoire d'écriture, il n'avait rien dans son dossier.

Cela n'empêcha pas le général Mercier de décider brusquement l'arrestation du capitaine. L'occasion était trop belle de se signaler par une action d'éclat, afin de redorer son blason de ministre, qui en avait

1. La préfecture de Police possède, paraît-il, dans ses archives, un dossier sur cet officier, impliqué en 1892 (soit deux ans avant le début de l'affaire Dreyfus) dans une sordide histoire de chantage.

besoin. En effet, on ne le tenait pas en grande estime dans le public. *Le Figaro,* par exemple, le jugeait incapable, et le traitait ouvertement dans ses colonnes de : « barboteur, renifleur, ramollot et vieille culotte de peau ». Rien que cela...

Et peut-être aussi le général Mercier avait-il une autre raison, plus profonde encore, de vouloir mettre un bouc émissaire en accusation ?

Chapitre 3

Le capitaine

Pendant ce temps, le capitaine Dreyfus suivait le cours paisible de sa vie, sans se douter le moins du monde de ce qui se tramait contre lui, dans l'ombre du ministère.

C'était un officier de valeur, âgé de trente-cinq ans, myope, portant un lorgnon et de fines moustaches relevées au-dessus de la commissure des lèvres. Certains le trouvaient antipathique d'aspect, sec dans ses réactions, avec, en plus, un son de voix désagréable...

Dreyfus était né à Mulhouse. Sa famille avait quitté l'Alsace quand celle-ci devint allemande, après la guerre de 1870, optant pour la nationalité française. Étudiant à Carpentras, Grenoble et enfin à Paris, au collège Sainte-Barbe, il se destina au métier des armes, malgré l'avis des siens, propriétaires d'usines et de filatures dont ils auraient voulu qu'il s'occupât. Dreyfus fut reçu à l'âge de dix-huit ans à l'École supérieure de guerre. Il en sortit neuvième de sa promotion, avec la mention très bien. Cela, malgré l'hostilité ouverte du directeur, le général de Bonnefond, qui déclarait :

« Des juifs ne doivent pas aller à l'État-Major. »

Marié avec Lucie Hadamard, fille de diamantaires, le capitaine était riche, et père de deux enfants.

Le 14 octobre 1894, il reçut une convocation dans son appartement, avenue du Trocadéro : il devait se rendre le lendemain, à sept heures du matin, au ministère de la Guerre, pour une inspection générale. Tenue civile demandée, présence indispensable...

Le 15 octobre, il faisait froid : cinq degrés en dessous de zéro. Dreyfus arriva au ministère, ponctuel comme à son habitude. Mais bientôt étonné de se retrouver seul pour cette inspection, qu'on passe en général en groupe.

Un officier supérieur le reçut, un Alsacien, le solide commandant Picquart, qui allait bientôt jouer un rôle primordial dans l'affaire encore en gestation.

Ce dernier l'introduisit dans le bureau du chef de l'État-Major, le général de Boisdeffre, d'ailleurs absent. En revanche se trouvaient là : du Paty de Clam au visage énigmatique, Cochefer, le chef de la Sûreté, accompagné de son secrétaire, et Gribelin, archiviste du service de renseignements, un homme au courant de beaucoup de choses.

Dreyfus et du Paty.

Le commandant Henry se tenait aussi dans la pièce, mais caché derrière un rideau.

Dreyfus ouvrait de grands yeux, ne comprenant rien

à ce qui se passait. Il ne disait pourtant mot, trop respectueux de la discipline pour cela.

Du Paty lui commanda de s'asseoir. Un gant noir recouvrait sa main droite. Il dit, d'une voix étranglée par l'émotion :

« Je me suis coupé le pouce. Voulez-vous écrire une lettre à ma place pour le général de Boisdeffre ?

— À vos ordres, mon commandant. »

De plus en plus surpris, Dreyfus prit une plume. Le commandant dicta quelques phrases où il était question de frein de canon d'artillerie, de troupes de couverture. Bref, des phrases reprenant dans une autre disposition le contenu du « bordereau ».

« Vous tremblez ! siffla tout à coup Du Paty, en se dressant. Qu'avez-vous donc ?

— J'ai froid aux doigts », répondit Dreyfus.

Il écrivit quelques mots encore, jusqu'au moment où le commandant posa son bras sur son épaule, d'un geste brusque.

« Capitaine Dreyfus, au nom de la loi, je vous arrête. Vous êtes accusé du crime de haute trahison. »

Stupéfait, Dreyfus bondit, protesta, nia, se mit en colère... Du Paty, très théâtral, lui lut l'article 76 du Code, qui concerne justement les faits de trahison. En lisant, il montrait du doigt un revolver posé sur le bureau.

« Je ne me tuerai pas ! s'exclama le capitaine. Je suis innocent ! »

Cochefer et son secrétaire se précipitèrent alors pour le fouiller.

« Prenez tout ! mes clefs, mes papiers. Je n'ai rien à cacher. »

Jusqu'alors simple spectateur attentif, le commandant Henry sortit de sa cachette. Du Paty lui ordonna :

« Conduisez-le à la prison du Cherche-Midi. Qu'on le mette au secret le plus absolu. »

Complètement abasourdi, Dreyfus fut emmené. Du Paty consulta sa montre. Il était midi. Il commanda une voiture et se fit conduire avenue du Trocadéro.

Lucie Dreyfus lui ouvrit elle-même la porte, et le fit entrer.

« J'ai une bien triste mission à remplir », dit le commandant en la saluant.

La femme pâlit et prit peur :

« Mon mari est mort ?

— Pire que cela. Il est arrêté.

— Arrêté ! Pourquoi ? Que se passe-t-il ? »

Du Paty ne donna aucune précision. Il dit que l'affaire était trop grave. Il exigea le silence le plus absolu et interdit de prévenir même la famille.

Pour tous, Dreyfus est en voyage.

Lucie s'inclina, mais non sans avoir protesté. Elle avait confiance en son mari. Il n'avait pu commettre aucune faute. Il était victime d'une erreur.

Sans l'écouter, le commandant se mit alors à fouiller le luxueux appartement. Il aurait aimé retrouver du papier pelure quadrillé, le même qui avait servi pour la confection du « bordereau »... Seulement il ne trouva rien, et s'en fut bientôt, emportant quelques dossiers.

Il devait revenir à plusieurs reprises dans la semaine, sombre, annonçant par exemple à la jeune femme que son mari était un monstre à double face, et qu'il aurait le sort du Masque de Fer.

Lucie Dreyfus, affolée, ne pouvait se confier à personne.

Pendant ce temps, le capitaine demeurait en cellule. Forzinetti, le commandant du Cherche-Midi, était un honnête homme. Les officiers du ministère cherchèrent à le monter contre son prisonnier. Le lieutenant-colonel d'Aboville lui dit par exemple :

« Méfiez-vous de la haute juiverie... »

Du Paty de Clam venait presque chaque jour revoir le capitaine enfermé. Il le faisait écrire de toutes les façons possibles, assis, debout, de la main gauche, avec un gant, etc., afin de retrouver l'écriture exacte du « bordereau ».

Une nuit, il demanda au commandant de la prison une lampe puissante. Il voulait réveiller le prisonnier et l'interroger à l'improviste. Forzinetti, indigné, le mit à la porte.

Cinq experts s'occupaient de l'écriture de Dreyfus. Trois d'entre eux hésitèrent à se prononcer. Gobert conclut à nouveau que le capitaine n'avait pas écrit le « bordereau ». Quant au cinquième expert, c'était

Bertillon, le grand spécialiste de la préfecture de Police.

Celui-ci échafauda une thèse très compliquée, selon laquelle l'écriture du « bordereau » ne ressemblait pas à celle de Dreyfus, mais uniquement parce que ce dernier l'avait déguisée.

Affecté par les accusations et par le régime qu'on lui faisait subir, Dreyfus tomba malade. Du Paty de Clam était ennuyé, son dossier restant très mince. Malgré son zèle, il ne trouvait rien pour étayer son accusation. La ressemblance des écritures ne suffisait pas.

Le 28 octobre, il annonça à l'État-Major qu'il se voyait dans l'obligation de prononcer un non-lieu.

« Je n'ai pas de preuves suffisantes. »

Sa déclaration provoqua des remous. Le jour même, quelques heures plus tard, un rédacteur de *La Libre Parole* reçut une lettre expresse, le mettant au courant de l'arrestation de Dreyfus. Le lendemain paraissait l'article que le directeur de *La Nouvelle France* montrait aux rédacteurs de son quotidien.

Tous les officiers supérieurs lisaient *La Libre Parole.*

Du Paty de Clam comprit ce que l'article voulait dire et ce que l'on attendait de lui. Il reprit son rapport, le modifia complètement et le conclut comme suit : « Le capitaine Dreyfus est coupable. »

Le général de Boisdeffre, d'ailleurs, l'avait convoqué :

« Dreyfus est une canaille. Il mérite le peloton d'exécution ; c'est moi qui vous le dis, moi, votre supérieur, le chef de l'État-Major général de l'armée... En avant, ouste, au trot. Et ne faites pas la mauvaise tête. »

Chapitre 4

L'opinion publique

Près de la porte Dauphine, l'hôtel particulier des de Lachesnay brillait de mille feux, par toutes ses fenêtres. Les équipages étaient rangés dans la cour intérieure pavée. Les cochers attendaient leurs maîtres, discutant entre eux et cassant la croûte sur le pouce, debout, leurs grands manteaux battant les jambes.

Le dîner offert par le banquier n'avait rien d'intime, puisqu'une trentaine d'invités se tenaient dans la salle à manger autour de la table étincelant sous les lustres, couverte d'argent et de cristaux.

Maxime était arrivé en courant, juste à l'heure pour le repas. Il prit place sans même avoir eu le temps de s'approcher d'Agnès. En revanche, le lieutenant de

Méricourt, assis aux côtés de la jeune fille, lui parlait d'abondance. Elle souriait sans cesse. Maxime en avait la gorge nouée en les regardant de loin. Il toucha à peine aux plats.

Le repas lui parut durer des heures. Enfin, ils passèrent tous au salon pour le café, servi par les domestiques en habit. Maxime s'empressa d'aller saluer le banquier et sa femme. Ils échangèrent quelques mots. Le journaliste sentit en eux une gêne presque imperceptible et inhabituelle à son égard. Il n'en comprit pas la raison.

D'autres invités accaparèrent rapidement les de Lachesnay.

Maxime alluma une cigarette turque et s'accouda à la haute cheminée de marbre, guettant Agnès.

Autour de lui, dans le brouhaha, chacun parlait déjà du capitaine Dreyfus, bien que la nouvelle du scandale fût encore toute fraîche. Les sentiments dominants étaient la surprise et l'indignation.

Cela commença par l'exclamation d'une femme de diplomate :

« Horrible ! disait-elle. Un traître dans l'armée, vendu aux Allemands ! Comment est-ce possible ?

— De la part d'un juif, rien ne m'étonne, rétorqua un usinier. Voilà longtemps que Drumont nous mettait en garde. Dès demain j'irai donner mon adhésion à la Ligue nationale antisémitique. J'aurais dû le faire plus tôt. Nous devrions tous le faire.

— Les juifs sont partout, ma chère, soupira un

Notification au capitaine Dreyfus de l'arrêt du conseil de guerre

commerçant. Savez-vous qu'ils détiennent plus de la moitié de la fortune française ?

— Allons donc !

— Véridique ! Quatre-vingts milliards sur un total de cent cinquante. Voyez les Rothschild...

— Affreux ! Où va la France ? »

De Lachesnay intervint avec un geste d'apaisement :

« N'exagérons pas, fit-il. Je suis en rapport d'affaires avec les Rothschild. Je les connais bien. Ils sont corrects. Les bons juifs existent, comme les autres...

— Vous avez peut-être raison pour les Rothschild, approuva la vieille comtesse de Belmond. Mais cela n'empêche pas toute une racaille d'Europe centrale de nous envahir et de nous contaminer avec sa pouillerie. Je me souviens d'un article... dans *L'Autorité* je crois, où l'on nous prévenait bien que "le juif polonais est l'être le plus malpropre qu'on puisse imaginer. Qu'il est à la fois un bouillon de culture et un agent de transmission du bacille cholérique[1]". Vous voyez ?

— Le bacille cholérique...

— Quelle horreur !

— C'est exagéré, répéta de Lachesnay.

— À peine, mon ami, à peine. Et si les hommes de ce pays avaient plus de courage, ils empêcheraient ces gens-là de s'installer chez nous, de prendre les meilleures places dans nos ateliers, nos administrations, notre armée... Notre armée... »

1. *L'Autorité* du 1er août 1894.

Elle en avait les larmes aux yeux.

« Ne soyez pas si excessive, comtesse.

— Monsieur de Lachesnay, on ne défend jamais assez la pureté de sa race. C'est là notre grandeur, à nous, la noblesse, de n'avoir jamais failli à cette mission.

— Bravo !

— Il faut avouer, reconnut le banquier, que les juifs constituent une race bien particulière.

— Si je peux me permettre, interrompit un vieux professeur à barbiche blanche, je crois qu'on peut beaucoup discuter à propos de race. Voyez-vous, le peuple juif primitif s'est en grande partie dilué, fondu, parmi les peuples du monde entier à partir de la Diaspora du IIe siècle de notre ère. Il n'en reste pas grand-chose. Nous-mêmes sommes les produits d'un énorme brassage. Quant à ces juifs de l'est de l'Europe dont vous parlez, ce sont pour beaucoup des Slaves ou des Tatars qui se seraient convertis au judaïsme voilà dix siècles environ, sous l'influence des Khazars. Voilà une théorie sérieuse, qui devrait normalement dissiper quelques préjugés bien enracinés si l'on voulait se donner la peine de réfléchir un peu. »

Mais personne n'écoutait le vieux professeur. Il reprit sa tasse de café en haussant les épaules.

Agnès s'approcha enfin de Maxime, les mains tendues. Le lieutenant de Méricourt l'accompagnait. Il fit, quant à lui, un salut très froid.

« Je suis heureuse que vous ayez pu venir, dit la

jeune fille. J'avais peur de voir cette affaire vous retenir au journal. Tout le monde ne parle que de cela.

— J'ai eu du travail en effet, Agnès. J'ai passé tout l'après-midi à courir dans les ministères, au Cercle militaire, partout...

— Mon pauvre ami.

— Et que dit-on partout, monsieur, à propos de ce scandale ? interrompit le lieutenant.

— On dit beaucoup de choses. Trop, peut-être.

— Je vous trouve bien prudent dans votre réponse, monsieur. Et bien passif face à la trahison. »

Maxime répliqua froidement :

« Il est si facile et si courant, hélas ! de dire n'importe quoi sur n'importe quel sujet. J'essaie de ne pas le faire, ayant, quant à moi, une haute conception de mon métier, et de ses responsabilités.

— Sans doute. Mais n'y aurait-il pas une autre raison à cette prudence, de votre part ?

— Laquelle ? »

Le lieutenant se tourna un instant vers Mlle de Lachesnay :

« Pardonnez-moi, Agnès », fit-il.

Et il poursuivit à l'adresse du journaliste :

« Je me suis laissé dire, monsieur, que votre mère était née Bronstein... ou Lévy, je ne sais plus.

— Christian ! interrompit la jeune fille.

— Laissez, Agnès. Ma mère est née Bronstein, en effet. Et mon père, Dumas. Cela ne les a pas empêchés de s'aimer toute leur vie, si cela vous intéresse... Et je n'ai à rougir ni de l'un ni de l'autre.

— Christian, répéta Agnès. Ce n'est pas bien. Parler comme vous le faites est injurieux. Surtout en cette circonstance. »

Le lieutenant mit la main sur la garde de son épée de parade.

« Si monsieur s'estime injurié, je suis prêt à lui rendre raison, quand il le voudra. »

Maxime le regarda avec mépris.

« Je ne tiens nullement à me battre avec vous, Méricourt. Vous pratiquez les armes tous les jours. Pas moi. Ce serait un suicide ridicule... D'autant plus que votre attitude m'indiffère absolument : je me suis fait depuis longtemps à l'idée que le monde n'était pas formé seulement de gens intelligents.

— Monsieur ! »

Mais Maxime lui tourna le dos.

« Je m'en vais, Agnès. Ne m'en veuillez pas. Je serais ce soir un compagnon encore plus ennuyeux que de coutume. »

Elle eut brusquement les yeux pleins de larmes. Lui s'en alla rapidement, sans prendre congé de personne. Et personne ne le retint, alors qu'il se dirigeait vers la porte. Agnès revint vers le lieutenant, le visage rempli d'un reproche muet.

« Je sais, dit doucement Christian de Méricourt en lui baisant la main. Je n'aurais pas dû me laisser emporter, surtout en votre présence. Pardonnez-moi encore. Mais je suis un officier, Agnès, et ce félon de Dreyfus vient de nous insulter tous. »

La jeune fille ne savait que penser. Son cousin lui faisait de la peine, mais Christian parlait d'une voix si convaincante... Elle sourit à nouveau.

Pendant ce temps, assis dans un fiacre, Maxime se remémorait la soirée. Cette soirée bêtement gâchée. Lui qui en rêvait à l'avance, qui en espérait tant.

Il avait le visage dur, les lèvres pincées, le cœur lourd, empli d'un sentiment d'injustice. Pour la première fois, sans doute.

Dès le lendemain, une campagne de presse se déchaîna contre l'accusé Dreyfus. Les journaux de toutes tendances prenaient le traître à partie, exigeant un châtiment exemplaire à son crime, accusant à l'avance le gouvernement de faiblesse et de complaisance.

Les nouvelles les plus remarquables fleurissaient avec rapidité, emportant la conviction d'une opinion passionnée. C'est ainsi qu'on annonça (entre autres) que le capitaine Dreyfus avait livré à l'Allemagne le fameux plan secret de mobilisation en cas de conflit, dit Plan XXIII... On inventa mille élucubrations délirantes sur de prétendus voyages de Dreyfus à l'étranger, à Bruxelles, à Londres, entrepris pour les raisons qu'on imagine. Cent témoins l'avaient rencontré à

Monte-Carlo en compagnie d'espionnes mystérieuses : « magiciennes d'amour, verseuses de philtres enivrants », pour ne citer qu'un échantillon de l'époque...

Le public réagissait avec vigueur. Tout ce qui touchait à l'armée était sacré. On rêvait de revanche après la défaite de 1870. Et la défaite, bien sûr, n'était due qu'à la trahison...

Exprimant les sentiments de tous, un lecteur du *Petit Journal* écrivait : « Il faut enfermer Dreyfus dans une cage, comme un fauve, le faire passer devant les régiments et le fusiller. »

L'ambassade d'Allemagne publia bien un démenti et entreprit quelques démarches diplomatiques. Personne ne les prit au sérieux. Au contraire, on insinua même que le ministre français des Affaires étrangères avait dû rendre au comte de Munster, ambassadeur d'Allemagne, une lettre décisive prouvant la trahison de Dreyfus, sous peine de guerre immédiate...

Utilisant un moyen de pression illégal, le général Mercier accorda au *Figaro* une interview, le 28 novembre. Il déclara d'une façon péremptoire : « Il existe des charges accablantes contre le capitaine. Sa culpabilité est certaine. »

Et *Le Figaro* modifia son vocabulaire à l'égard du général. Mercier n'était plus le « renifleur » ou le « ramollot » ou la « vieille culotte de peau ». Mais bien : « le modèle des chefs de l'armée »...

Pendant ce temps, on préparait activement le procès.

L'instruction était supervisée par le vieux général Saussier, généralissime des armées, gouverneur de Paris. La plus haute personnalité militaire française. Et menée concrètement par un certain Bexon d'Ormescheville.

Saussier, lui-même, croyait (ou savait) le capitaine Dreyfus innocent. Il le dit crûment à Casimir-Perier durant une chasse à Marly :

« Cet imbécile de Mercier s'est mis encore une fois le doigt dans l'œil. »

Casimir-Perier, président de la République, ne broncha pas, voulant éviter tout incident avec l'armée. Saussier laissa pourtant l'affaire suivre son cours. À contrecœur ? On ne sait pas. Peut-être avait-il ses raisons, lui aussi, de laisser faire ?

Dreyfus niait toujours âprement, accablé par la terrible accusation.

Cela n'empêchait pas d'Ormescheville de remplir son dossier, avec l'aide des gens de la section des statistiques.

Le commandant Henry demanda un rapport sur la vie privée du capitaine à Guénée, un policier du service des mœurs, détaché aux renseignements. Celui-ci rédigea un document sévère : Dreyfus était un habitué des tripots mal famés, il avait des dettes, etc. Autant de mensonges.

La méthode du policier pour étoffer ce rapport fut

très simple. Il ramassa dans les dossiers de la préfecture un certain nombre de renseignements qui concernaient un autre Dreyfus.

Le préfet de police, Lépine, remit au contraire un rapport très élogieux sur le capitaine. Mais, celui-là, Henry le conserva.

Les officiers instructeurs n'eurent droit qu'à celui de Guénée.

D'Ormescheville s'efforçait de prouver que seul le capitaine pouvait avoir eu accès à tous les documents annoncés dans le « bordereau ». Il négligea les rapports d'experts en écriture favorables à Dreyfus, mais monta en épingle la thèse plus que fumeuse de Bertillon.

Casimir-Perier, président de la République, reçut d'ailleurs lui-même l'expert, afin de se faire une opinion. Le jour suivant, il demanda à son ami Maurice Paléologue[1] :

« Que pensez-vous de Bertillon ?

— On l'estime beaucoup à la préfecture de Police. On le dit très ingénieux, très pénétrant, mais un peu bizarre.

— Non pas bizarre ! Complètement fou, d'une folie abracadabrante et cabalistique dont je suis encore tout ahuri. Pendant plus de trois heures, il m'a démontré que Dreyfus a imité lui-même son écriture pour

1. Diplomate chargé au Quai d'Orsay des affaires dites « spéciales » et du financement des services secrets.

écrire le « bordereau ». Je croyais avoir devant moi un échappé de la Salpêtrière ou de Villejuif...[1] »

Cependant tout comme la réflexion du général Saussier, la visite de Bertillon ne fit pas autrement réagir Casimir-Perier.

Déjà, dans les hautes sphères de la société politique, s'établissait cette atmosphère de silence ou de complicité qui allait peser si lourd sur l'affaire.

On annonça que le procès s'ouvrirait le 19 décembre. Dreyfus en éprouva un grand soulagement. La veille, il écrivit à sa femme :

« J'arrive au terme de mes souffrances... Demain je paraîtrai devant mes juges le front haut, l'âme tranquille... Dors tranquille, ma chérie, et ne te fais aucun souci. Pense seulement à la joie que nous éprouverons à nous trouver bientôt dans les bras l'un de l'autre. »

Le capitaine, sûr de son innocence, se faisait beaucoup d'illusions. Car le général Mercier avait bien préparé son affaire.

---

1. Maurice Paléologue : *Journal de l'Affaire Dreyfus.*

Chapitre 5

Le procès

À *La Nouvelle France,* le rédacteur en chef s'occupait maintenant en personne de l'affaire Dreyfus. Une bonne partie des journalistes le secondait. Sans parler du directeur, sans cesse sur le dos de chacun, fixant la ligne à suivre :

« Messieurs, restons dans le ton général. J'insiste cependant pour qu'on évite les nouvelles à sensation, incontrôlables. Je sais : le lecteur oublie dès le lendemain ce qu'il a lu la veille dans son journal. Cela permet une certaine liberté dans l'information. Mais tout de même, n'exagérons pas. Deuxième point : évitez aussi les apostrophes trop violentes à l'égard des autorités en place. On abuse. Ceux qui sapent le système seront les premiers à le regretter lorsqu'il s'écroulera. »

François Barbier, un des rares à éprouver quelques doutes quant à la réalité de l'accusation, en parlait souvent à Maxime :

« Je me méfie quand les loups hurlent si fort, comme ils le font maintenant. Cela cache quelque chose. Crois-moi.

— Bien sûr, répliquait le jeune homme, il y a sûrement de l'exagération dans tout ce qui se dit et s'écrit. Et aussi une exploitation honteuse des sentiments de patriotisme. Seulement, Mercier ne parlerait pas dans *Le Figaro* comme il le fait, s'il n'avait pas des preuves. »

Barbier haussa les épaules en riant :

« Es-tu naïf ! Quant à moi, mon ami, bien des généraux de l'État-Major ne m'inspirent aucune confiance. L'armée est aujourd'hui le dernier refuge des monarchistes et des réactionnaires. Une place forte qu'ils tiennent au cœur de la nation. Un danger public.

— Les Français sont républicains.

— D'accord. Seulement une occasion peut se présenter. La misère est grande chez les ouvriers. On ne le sait pas suffisamment. Tiens, dans les quartiers populaires, les femmes chantent encore :

« Qu'est-ce que ça m'fait qu'tu sois républicain ?
À la maison, j'avions pas d'pain. »

Cela dit bien ce que cela veut dire...

— Je comprends. Tu crois que les ouvriers pour-

Le conseil de guerre

raient suivre l'armée, si l'armée leur prodiguait quelques bonnes promesses ?

— Attends, c'est plus compliqué. Chaque fois que se produit une grève, une manifestation populaire, c'est l'armée qui rétablit l'ordre. Souviens-toi par exemple de Fourmies, voilà trois ans. Les ouvriers auront du mal à marcher avec les généraux. Il y a entre eux trop de sang et de coups de crosse... Mais qui sait ? Il suffit d'un prétexte bien exploité, d'une provocation bien organisée. D'un bon petit scandale comme du temps de Panama par exemple.

— Sans doute.

— Vois-tu, le gouvernement ne fait rien pour réduire la puissance politique de l'armée. À cause de la menace allemande. Mais aussi parce qu'il a besoin d'elle. Et une armée qui fait de la politique, ce n'est jamais très bon.

— Je comprends, répéta le journaliste. Le problème est complexe. Quoi qu'il en soit, je crois Dreyfus coupable. Je regrette seulement dans cette affaire les sentiments de chauvinisme et de racisme qui se manifestent. »

Il soupira, pensant à la soirée chez les de Lachesnay.

La porte du bureau s'ouvrit, poussée par une poigne énergique. La large stature du directeur apparut dans l'entrebâillement.

« Maxime ! Vous viendrez avec moi au procès demain. Prévoyez une voiture, car je vous charge de la liaison entre le Cherche-Midi et le journal. Vous, Barbier, vous aiderez Morin. Je veux beaucoup de dessins. Du réaliste. Du suggestif ! Qui frappe droit au cœur sans qu'on ait besoin de réfléchir. Compris ?

— Bien, monsieur.

— Et des caricatures ! N'oubliez pas les caricatures. Le public adore ça. J'en veux plusieurs, afin de faire un choix... »

Le plan du directeur de *La Nouvelle France* ne put s'exécuter exactement comme prévu : le lendemain, 19 décembre, le procès Dreyfus s'ouvrit bien à la salle du conseil de guerre de la prison du Cherche-Midi. Mais, à peine les juges se mettaient-ils en place, que le président Morel décida le huis clos, malgré les protestations de la foule, des journalistes, et celles de maître Demange, avocat du capitaine.

Tout le monde évacua donc la salle. Demeurèrent seulement, comme simples spectateurs, le préfet Lépine et le commandant Picquart. Ce dernier chargé par les généraux Mercier et de Boisdeffre de suivre les débats pour leur compte.

La première journée fut terne. L'acte d'accusation manquait singulièrement de poids. Il défila une quarantaine de témoins dont dix-sept officiers, qui n'avaient pas grand-chose à dire. Certains insistèrent sur des aspects du caractère de Dreyfus, d'autres racontèrent des anecdotes sans intérêt.

Le grand rabbin de Paris, cité par la défense, put à peine prononcer quelques mots avant d'être renvoyé de la barre.

Ce fut là l'essentiel. Le soir, Picquart s'en alla trouver le ministre de la Guerre :

« Alors, qu'en pensez-vous, commandant ? demanda Mercier.

— Mon général, l'acquittement est probable. »

Mercier eut un ricanement.

« Attendez demain. »

Ses yeux eurent une dure expression de contentement.

Le lendemain en effet, les choses devinrent sérieuses. Si l'on peut dire, car l'audience débuta par la déposition de l'expert Bertillon. Ses thèses, ce jour-là, atteignirent le sommet du délire. Qu'on en juge. Il compara l'écriture de Dreyfus à un « arsenal » plein d'armes redoutables : « bizarreries de style, laconisme des mots, combiné avec de la prolixité ». Une « voie tortueuse et souterraine » menait à la « citadelle des rébus », protégée à sa droite par la « batterie des S majuscules », et à sa gauche par un « couloir fortifié des À écrasés »... Le mot « intérêt » retrouvé dans une vieille correspondance du capitaine formait la clef du système d'écriture, puisqu'il mesurait exactement 12 millimètres et demi, soit à la fois l'équivalent du kilomètre sur une carte d'État-Major et aussi le rayon d'une pièce de cinq centimes...

Ce sont des choses qui ne s'inventent pas. Le préfet Lépine, le commandant Picquart, le président du tribunal et le commissaire du gouvernement avouèrent chacun, plus tard, qu'ils n'avaient rien compris à l'exposé. Lequel, en revanche, impressionna fort les juges qui voyaient s'ouvrir devant leurs yeux des horizons vraiment insoupçonnés...

Et puis, le commandant Henry vint déposer, lourd et grave. De toute son autorité, il désigna Dreyfus d'un doigt accusateur.

« Je sais de source sûre qu'il y a un traître dans les bureaux du ministère de la Guerre. Et le voici ! »

Dreyfus bondit de son banc.

« Si quelqu'un m'accuse, dites son nom et qu'il comparaisse ! Qui est-ce ? »

Henry se redressa, et eut un mot historique :

« Il y a, dans la tête d'un officier, des secrets que même son képi doit ignorer. »

Les dépositions se succédèrent. En particulier celle de du Paty de Clam. Lequel exposa les résultats de son enquête et raconta que Dreyfus avait tremblé en écrivant la lettre dictée par lui dans le bureau du chef d'État-Major.

« Ce n'est pas vrai ! » rétorqua Dreyfus.

Maître Demange, l'avocat, demanda au commandant de présenter sa lettre et de montrer aux juges le passage écrit par Dreyfus au moment où, prétendument, il tremblait. Du Paty s'embrouilla dans ses explications, s'énerva et finit par déclarer qu'un innocent aurait dû trembler, et que si Dreyfus dit n'avoir pas tremblé, c'est qu'il était coupable.

Autre preuve de la culpabilité de Dreyfus : lors d'un interrogatoire à la prison, au moment où on lui posait une question embarrassante, Dreyfus, dont les jambes étaient croisées, avait remué les pieds, signe de nervosité caractéristique.

Tout cela ne constituait pas un ensemble suffisant pour faire condamner le capitaine. Ce qui décida en fait du verdict, fut un acte illégal du général Mercier, plus grave que l'interview du *Figaro*. Il avait fait établir à l'intention des juges un dossier secret, comprenant principalement trois pièces :

1° Une notice biographique de Dreyfus rédigée par du Paty, d'où il ressortait que le capitaine trahissait depuis son entrée à l'armée.

2° Une vieille lettre interceptée par le service de renseignements renvoyée par l'attaché militaire italien Panizzardi à son collègue allemand[1] et signée du pseudonyme « Alexandrine ». Elle évoquait des renseignements fournis par « cette canaille de D...[2] » à propos des fortifications de la ville de Nice.

3° Une dépêche chiffrée adressée par le même Panizzardi à l'État-Major italien. Le texte véridique en était le suivant : « Si le capitaine Dreyfus n'a pas eu de relations avec vous, serait bien démentir officiellement pour éviter commentaires de la presse. »

Seulement, la « traduction » donnée par la « section des statistiques » en dénaturait complètement le sens.

« Dreyfus arrêté. Précautions prises. Émissaire prévenu. »

Du Paty de Clam remit donc secrètement ces documents, sous pli scellé, au président du conseil de guerre. L'accusé n'en fut pas informé, ni son avocat.

---

1. À cette époque les services de renseignements allemands et italiens travaillaient de concert dans de nombreux domaines.

2. Cette canaille de D..., on le sut plus tard, était en fait un petit malfrat appelé Dubois.

Les juges en prirent seuls connaissance, alors qu'ils délibéraient, le 22 décembre, à dix-huit heures.

Le capitaine Dreyfus fut reconnu coupable à l'unanimité, et condamné à la déportation perpétuelle.

Effondré, on le ramena dans sa cellule, tandis que du Paty récupérait son dossier secret, pour le rendre au général Mercier. Celui-ci donna ordre de le détruire. Mais le commandant Henry préféra le ranger dans l'armoire secrète de son service.

La presse et l'opinion publique eurent la même réaction unanime devant le verdict : une grande satisfaction. Les rares qui doutaient furent soulagés. Sept juges unanimes ne laissaient de place au moindre doute. C'est ce que dit, par exemple, Maxime à son ami Barbier.

Sur la première page du *Figaro,* un dessin de Forain représentait l'Alsace et la Lorraine criant « bravo » à l'annonce de la condamnation.

Et *La Libre Parole* lançait à ses cinq cent mille lecteurs son cri de guerre triomphant : « Hors la France, les juifs ! La France aux Français ! »

À la Chambre des députés, le leader socialiste Jean Jaurès réagit vigoureusement : « Ce jugement est trop clément », déclara-t-il. En effet, d'autres juges militaires venaient de condamner à mort un soldat, pour le seul crime d'avoir simplement jeté un bouton de guêtre à la tête de son supérieur.

C'est pourquoi *Le Chambard socialiste* publiait, le

29 décembre, un dessin vengeur portant la légende suivante :

« C'est aux petits pioupious que sont réservées les balles. »

Après quelques jours d'émotion et de commentaires, les titres des journaux changèrent de sujet. On parla d'autre chose...

Paris n'avait jamais été si plein de vie et de lumières. Théâtres et cafés-concerts refusaient du monde. Le champagne coulait à flot. Mais, dans les faubourgs, les petits enfants de Rimbaud continuaient à regarder par le soupirail des boulangeries, avec des yeux affamés, faire le pain dont ils manquaient.

C'était l'époque des souhaits, des cadeaux. L'année nouvelle allait naître.

Maxime Dumas ne fut pas invité comme de coutume chez ses cousins de Lachesnay pour le réveillon. Il reçut seulement une carte d'Agnès, très conventionnelle, dont le parfum de fine lavande le rendit triste à en mourir.

Chapitre 6

Dégradation

La voiture s'arrêta place de Fontenoy, à huit heures un quart du matin.

« Réglez le cocher », commanda le directeur à Maxime.

Le ciel était brumeux, ce 5 janvier 1895. Un vent froid soufflait très fort par moments, portant de la neige fondue qui s'infiltrait dans les vêtements. Maxime releva le col de son pardessus, enfonça son chapeau sur sa tête et se précipita à la suite de son patron qui marchait à grands pas vers l'École militaire.

La foule commençait à se rassembler, malgré le mauvais temps et l'heure matinale. Un barrage de soldats ne laissa entrer les journalistes qu'après un minutieux examen de leur laissez-passer.

Des confrères attendaient déjà, battant la semelle dans la cour d'honneur, allumant des cigares pour se réchauffer. Dumas serra des mains. D'autres se refusèrent. On échangea quelques paroles. Les dernières informations circulaient :

« Sais-tu que Dreyfus a voulu se suicider ? Il a demandé un revolver au commandant de la prison du Cherche-Midi.

— Forzinetti se déclare convaincu de son innocence.

— Il va se faire taper sur les doigts.

— Et de quoi se mêle-t-il, ce garde-chiourme ?

— Dreyfus a écrit à Mercier, le suppliant de continuer à chercher le vrai coupable.

— Quelle comédie tout de même.

— Il paraît que les Prussiens ont offert de racheter le prisonnier pour des sommes fantastiques.

— Vraiment ?

— Je le tiens de source sûre.

— Peut-on savoir laquelle ?

— Chut... c'est un secret. »

Bientôt la troupe referma complètement les grilles, auxquelles la foule s'agglutina. Des ordres brefs éclatèrent, et des formations militaires prirent place le long des bâtiments. Cette agitation aida le temps à passer.

Puis, face au groupe des journalistes, un officier à cheval s'immobilisa, entouré d'autres officiers. C'était le général Darras, responsable de la cérémonie qui allait commencer.

Dégradation du capitaine Dreyfus.
Le défilé devant la troupe.

Depuis une heure déjà, une voiture cellulaire, encadrée par un bataillon de gardes républicains, s'était arrêtée un peu en retrait de l'École militaire. Dreyfus fut conduit dans une salle, où il resta jusqu'au moment où quatre militaires, des artilleurs, vinrent le chercher.

Il parut dans la cour, vêtu de son uniforme, mais tête nue. Quand la foule l'aperçut, les premiers cris éclatèrent. Ils s'arrêtèrent tout de suite pourtant, personne ne voulant perdre ni un mot ni un geste du spectacle qui débutait.

Dreyfus marchait tête haute, les lèvres serrées, horriblement pâle. On l'emmena face au général Darras. Il était juste neuf heures du matin. Chacun retenait son souffle.

Darras rompit le silence de sa voix forte :

« Alfred Dreyfus ! Vous êtes indigne de porter les armes ! Au nom du peuple français, nous vous dégradons ! »

Dreyfus leva les bras et cria :

« Soldats ! On déshonore un innocent ! Vive la France ! Vive l'armée ! »

On l'entendit, malgré un roulement de tambour qui lui coupa la parole.

Il y eut un murmure d'indignation. Mais déjà un adjudant à la taille gigantesque, un casque empanaché sur la tête, s'approchait du condamné. Il lui arracha ses galons, les boutons dorés du dolman, et brisa son sabre en deux sur son genou.

Les quatre artilleurs avancèrent. Encadré, Dreyfus

défila devant le front des troupes, marchant d'un pas mécanique. Quand il passa devant les journalistes, il cria de nouveau :

« Dites à la France que je suis innocent ! Je le jure ! Sur la tête de ma femme et de mes enfants ! »

Place Fontenoy, la foule se déchaînait maintenant, sifflant et criant à pleins poumons. Il neigeait. Le ciel semblait s'assombrir encore. On passa les menottes à Dreyfus, et on le reconduisit à la voiture cellulaire.

Alors la musique attaqua le chant de « Sambre et Meuse ». Les troupes défilèrent d'un pas vif. Maxime, jusqu'alors oppressé, respira un grand coup et se sentit mieux.

Carte postale évoquant le capitaine Dreyfus à l'île du Diable.

« On s'en va, dit le directeur. J'espère que vous avez pris des notes. Quel être déplaisant que celui-ci. Il n'a même pas faibli, trop heureux d'avoir la vie sauve... »

Le jeune journaliste ne répondit pas.

Le 16 janvier, un train de forçats quittait Paris pour La Rochelle. La foule attendait à la gare d'arrivée. Elle brisa un cordon de troupe, frappa le prisonnier à coups de poing et à coups de canne. Les gendarmes le dégagèrent et l'embarquèrent pour l'île de Ré, dépôt de transit des condamnés.

Lucie Dreyfus n'avait même pas eu le droit d'embrasser son mari avant le départ. Elle demanda à le suivre au bagne comme la loi l'y autorisait. Le ministre de la Guerre refusa.

Le 2 février, un député déposa un projet de loi à la Chambre, demandant d'interdire aux juifs et aux épouses de juifs l'accès à la fonction publique.

Le 14 février, le journal *La France* tirait sa conclusion de toute l'affaire : « Il n'est pas un délit, pas une fraude, dans laquelle on ne trouve le juif. »

Et le 21 février, le navire *Ville-de-Saint-Nazaire* leva l'ancre pour le bagne de Cayenne et l'île du Diable. Dreyfus était enchaîné au fond de la cale, dans un cabanon de quatre mètres carrés.

Maxime croyait le capitaine coupable. Pourtant, quelquefois, lorsqu'il se souvenait de la cérémonie de la dégradation et qu'il entendait à ses oreilles les protestations du condamné, il ne pouvait s'empêcher de ressentir un certain malaise.

Mais, en ce moment, ce n'était pas l'affaire Dreyfus qui préoccupait Maxime. Il souffrait, profondément malheureux à cause d'Agnès. Il n'en pouvait plus de vivre dans cette attente incessante d'une lettre ou d'une brève rencontre. Et il ne savait comment réagir. La situation lui apparaissait sans issue. La dernière soirée chez les de Lachesnay n'avait guère arrangé les choses.

François Barbier essayait bien de lui remonter le moral. Mais sans succès. Maxime passait par une période sombre, où tout l'irritait, où rien ne l'intéressait. Il se voyait engagé dans un tunnel interminable, désespérant.

Un matin, le banquier de Lachesnay déjeunait avec sa femme et sa fille. Il leur parlait des cours de la Bourse, d'un emprunt étranger qu'il allait financer et qui rapporterait gros.

Soudain, Agnès releva la tête et dit à ses parents :

« Nous devrions inviter Maxime. Voilà longtemps qu'il n'est pas venu à la maison. »

De Lachesnay et sa femme se regardèrent, surpris.

« Ce n'est pas le moment, répliqua le banquier, de nous afficher avec ce cousin lointain.

— Je ne comprends pas.

— Eh bien, essaie, Agnès. Tu es en âge maintenant.

— Rappelle-toi, ajouta Mme de Lachesnay, comment Christian de Méricourt a réagi l'autre jour devant lui. Tu m'en as parlé toi-même. L'émotion causée par cette malheureuse affaire Dreyfus n'est pas effacée dans tous les cœurs. Nous inviterons Maxime plus tard. »

Agnès n'insista pas. Elle se leva de table et annonça :

« Je vais me promener au Bois. »

En cette fin du XIXe siècle, les sentiments antijuifs étaient assez développés en France. Dans l'esprit populaire, l'antisémitisme se confondait avec l'anticapitalisme. Déjà Rothschild représentait un symbole, sans cesse agité dans la presse par des hommes comme Édouard Drumont et Paul Déroulède[1].

Le scandale de Panama, auquel un financier juif se trouvait mêlé... avec d'autres, fut pour eux une occasion unique de propagande.

Dans les milieux plus aisés de la société, malgré l'attitude de ralliement préconisée par le pape Léon XIII lui-même, une fraction de catholiques luttait toujours contre la République, libérale et laïque, et cherchait toutes les armes pour la combattre. L'antisémitisme en était une. La République, on l'accusait

1. Paul Déroulède : poète et fougueux président d'une ligue nationaliste.

d'être « la dictature réunie des juifs et des francs-maçons[1] ».

Parmi ces catholiques hostiles, les jésuites jouaient un rôle de premier plan, par exemple en soutenant financièrement *La Libre Parole.* Ils conservaient une forte influence dans l'armée. Un des leurs, le père Du Lac, était conseiller privé du général de Boisdeffre.

L'affaire Dreyfus eut comme effet d'accentuer encore l'antisémitisme latent...

De Lachesnay reposa sa serviette et se leva de table à son tour. Par la fenêtre, il regarda Agnès monter à cheval et sortir de l'hôtel.

« Je n'aime pas les complications, dit-il à sa femme. Dans notre situation, inutile de créer de la jalousie et de l'animosité supplémentaires. Mes ennemis ne ratent aucune occasion de me porter des coups, même des coups bas... Avouerais-je qu'aujourd'hui je ne serais pas fâché que Maxime Dumas ne fût point de notre famille, même lointaine... »

Mme de Lachesnay soupira sans répondre. Le banquier ne se trompait pas. Bientôt, il se propagea le bruit qu'il avait un petit cousin juif, un journaliste. Un chroniqueur de revue spécialisée fit un écho méchant d'une rencontre entre ce petit cousin et Mlle de Lachesnay, chez la femme d'un diplomate.

En vérité, cette rencontre avait bien eu lieu, fortui-

---

1. Les francs-maçons sont les membres d'une confrérie discrète, d'entraide à l'origine, mais bientôt politisée. Leur rôle fut important aussi au XIXe siècle.

tement, une semaine plus tôt. Elle ne dura qu'un instant et se limita en un sourire d'Agnès et à quelques mots polis de Maxime.

Mais cela suffit pour mettre le banquier en colère. Il chapitra sa femme qui provoqua une explication avec Agnès. Celle-ci rougit quand sa mère lui parla du jeune homme. Elle rougit d'ailleurs encore plus en entendant le nom de Christian de Méricourt mêlé à l'explication.

Cela suffit à de Lachesnay. Il s'arrangea pour rencontrer le directeur de *La Nouvelle France* chez des amis communs. Là, il l'emmena dans un coin du salon, lui offrit un cigare, lui prit familièrement le bras et lui demanda comme un service personnel d'envoyer son journaliste en province, ou à l'étranger, pour quelque temps.

« Jusqu'à ce que les esprits soient calmés, mon cher. Vous savez, le monde est fou. »

Le directeur approuva, flatté par l'attitude amicale du banquier, et promit tout ce que l'on voulait.

Et c'est ainsi que, trois jours plus tard, Maxime fut convoqué d'urgence chez le patron, par le petit Corbier. Il s'y rendit aussitôt.

Le directeur arborait pour la circonstance un sourire bienveillant. Il déclara d'emblée :

« Parlons un peu de votre avenir, Dumas... Je suis très content de vous. Vos progrès sont constants dans tous les domaines. Je suppose que le métier vous plaît ? »

Maxime s'inclina. L'autre se leva, commença sa ronde habituelle dans le bureau, les mains derrière le dos, le corps penché en avant.

« Ce dont vous avez maintenant besoin, c'est de mûrir un peu, d'acquérir cette assurance et cette maîtrise du sujet qui sont la marque des vrais journalistes. Je vous propose donc de partir pour quelque temps à l'île de Madagascar.

— À Madagascar ? »

Sous l'effet de la surprise, Maxime se souleva de son siège.

« Exactement. Vous savez que des opérations militaires ont lieu là-bas. Vous raconterez la campagne pour nos lecteurs. Ils sont, comme tous les Français, passionnés par les pays lointains où s'affirme notre présence, où flotte notre drapeau. L'Afrique, l'Indochine... Que pensez-vous de ma proposition ? Belle occasion de faire du beau travail, non ? »

Le jeune homme ne savait trop que répondre. La brusque perspective d'un départ le désorientait un peu. Cela lui plaisait, et lui serrait le cœur à la fois. Agnès. Il ne verrait plus Agnès.

« Je suis d'accord, dit-il cependant. Je vous remercie d'avoir pensé à moi. »

Le directeur se frotta les mains.

« Voilà donc une bonne chose de faite. Vous réglerez les détails avec Morin. Prenez donc un havane, mon petit. Mais si... »

Chapitre 7

Fourmies

Ils étaient sortis ce soir-là du journal un peu plus tôt que de coutume. Maxime Dumas, encore troublé, annonça la nouvelle à son ami Barbier. Celui-ci resta silencieux.

« Tu n'as pas l'air content pour moi, fit le jeune homme. Parle donc. Que se passe-t-il ?

— Je connaissais déjà ton départ. Écoute... Viens dîner à la maison. Nous parlerons plus à l'aise.

— Avec plaisir. Mais Jeanne n'est pas prévenue.

— Qu'importe. Tu sais qu'elle est toujours heureuse de t'accueillir. »

Maxime aimait beaucoup se retrouver dans le petit logement de son camarade, rue de Clignancourt. Un logement empli de livres, paisible et confortable. Où la présence de Jeanne Barbier donnait un air de douceur et d'amitié à chaque moment passé.

C'était un endroit où l'on se sentait bien, que l'on quittait à regret. Un endroit comme Maxime en rêvait pour lui... Et pour Agnès.

Les deux hommes allumèrent leurs pipes au coin de la cheminée où craquaient de grosses bûches de peuplier. Jeanne prit un ouvrage et se mit à coudre.

« Oui, dit François. Je te dirai la vérité. J'ai entendu le patron parler avec Morin. Ton départ à Madagascar cache quelque chose. Ce n'est pas une promotion, à mon avis. Le patron veut t'éloigner, je ne sais pas trop pourquoi. Les événements peut-être. Cette affaire Dreyfus.

— Elle va être oubliée bien vite.

— Sans doute. En attendant, il en reste des séquelles bien grosses. Tu sais de quoi je veux parler ?

— Oui. »

Maxime eut un geste d'impatience, les lèvres brusquement serrées.

« C'est trop bête. »

François changea de conversation.

« Quoi qu'il en soit, dit-il, travaille de ton mieux. Le voyage te fera du bien. Tu pourras réfléchir un peu. Te décider peut-être à parler à ta cousine... Et puis je serais curieux de voir tes réactions là-bas, à Madagascar.

— Pourquoi cela ?

— Il doit s'y passer de drôles de choses. Tu sais que

les députés socialistes protestent contre notre politique coloniale. Il y a eu un discours de Jaurès à ce sujet.

— Oh ! moi, tu sais, les socialistes...

— Il y en a de bons.

— Bien sûr. Ils sont cinquante députés. Cela fait autant de clans, de coteries, de chapelles. On doit trouver de tout là-dedans.

— Tu exagères. Et tu vas à l'encontre de l'histoire. Voilà plus de vingt ans que Gambetta disait déjà : "Je pressens l'arrivée dans la vie publique d'une couche sociale nouvelle." Ce sont eux. Eux, et aussi le monde des ouvriers qui s'organise petit à petit dans les Bourses du travail et au sein du parti ouvrier.

— Je sais. Tu me l'as souvent répété : nous arrivons à l'ère industrielle. Les usiniers réclament davantage de main-d'œuvre. Et aussi des hommes et des femmes plus évolués, capables de travailler sur les machines. C'est même une des raisons pour lesquelles on a institué l'enseignement primaire obligatoire. Mais, en revanche, lorsque les ouvriers sont rassemblés en plus grand nombre, et qu'ils sont plus instruits, leur combativité augmente...

— Exactement. Tu as bien retenu ma leçon. »

François sourit, puis ajouta en reprenant son sérieux :

« J'ajouterai encore ceci : le gouvernement, lui, a bien conscience de cette force nouvelle, avec laquelle il lui faudra compter un jour. Et qui lui est fondamentalement opposée. C'est pourquoi il réprime si durement chaque grève, chaque manifestation. Comme à Fourmies, dont je t'ai parlé à tant de reprises. Fourmies, qui est un symbole.

— Peut-être. Excuse-moi : je n'ai pas la tête à discuter ce soir... Tiens, tu devrais me raconter plutôt une bonne fois ce qui s'est passé à Fourmies. Tu as toujours ce nom à la bouche.

— Ce nom, nous l'avons surtout au fond du cœur, interrompit doucement Jeanne. Fourmies, voyez-vous, ou bien les jours de la Commune, ce sont des choses que l'on n'oublie pas. Le sens de notre vie. »

Ses yeux brillaient tout à coup. Ses lèvres tremblaient un peu, tandis qu'elle prononçait ces mots.

« Fourmies se trouve dans le Nord, commença Barbier. Une petite ville aux maisons grises, bâtie autour des manufactures de textiles. Une ville pauvre, où les ouvriers disent : "Nous voudrions manger aussi bien que les chevaux de nos patrons..." Il y a quatre ans, les ouvriers ont décidé de faire grève. Le 1er mai, en souvenir du 1er mai sanglant de Chicago[1]... La grève, c'est pour demander la suppression des amendes qui pleuvent à chaque occasion, la journée de huit heures, la création d'une Bourse du travail et la paie tous les samedis.

« Les usiniers essaient d'intimider leurs ouvriers. Ils font placarder des avis sur les murs annonçant que

1. 1886. Dans la grande ville américaine les grévistes s'opposent à la police. Il y a des morts, et huit dirigeants syndicalistes sont pendus.

toute manifestation serait réprimée. À leur demande, le préfet envoie, en renfort aux gendarmes, deux compagnies de soldats : les 84e et 145e d'infanterie.

« Pourtant, le programme de la journée n'a rien de menaçant : assemblée générale, le matin, avec envoi d'une délégation à la mairie. Une représentation théâtrale l'après-midi. Et le soir, bal populaire.

« À l'aube du 1er mai, des incidents éclatent à la porte de quelques filatures où des ouvriers veulent travailler tout de même, par peur des contremaîtres. Les gendarmes arrivent aussitôt, chargent et arrêtent plusieurs personnes. Les usines ferment leurs grilles.

« Après l'assemblée générale et le repas de midi, des groupes se rassemblent place de la mairie, où se trouve le commissariat. Parmi les ouvriers il y a Culine, animateur à Fourmies du parti ouvrier. C'est un ancien zouave, condamné jadis à dix ans de prison pour avoir refusé de tirer sur les Algériens.

« Une foule se forme et chante, réclamant la libération des emprisonnés du matin :

"C'est nos hommes, nos hommes, nos hommes.
C'est nos hommes qu'il nous faut."

« Les soldats bivouaquent et ne bougent pas. Les gendarmes, eux, commencent à s'énerver. Ils chargent à plusieurs reprises pour repousser les gens plus loin.

Les travailleurs se défendent, jettent des pierres. Les gendarmes tirent en l'air.

« Les autorités finissent par promettre que les personnes arrêtées seront libérées à dix-sept heures.

« Le calme revient peu à peu... La foule s'écarte, se disperse.

« Il est dix-sept heures maintenant. Personne n'a été libéré.

« À nouveau, la foule se forme, grossit, réclame. Et voilà qu'arrive de la campagne un groupe animé, d'environ deux cents jeunes, conduits par Maria Blondeau, une tisseuse de dix-huit ans, rieuse, aux cheveux dorés.

« Le commandant de la troupe prend peur. Il fait disposer ses deux compagnies en rangs serrés, baïonnettes aux canons, les fusils pointés. Les jeunes se moquent d'eux, lancent des lazzi et des pierres.

« Et tout à coup, on ne sait pourquoi, le commandant ordonne : "En joue ! Feu !"

« La fusillade éclate. Pas en l'air cette fois. À hauteur d'homme. C'est le massacre. Des cris d'horreur et de peur jaillissent. La panique provoque une fuite éperdue. Quand la fumée se dissipe, il reste quatre-vingts victimes étendues sur la chaussée. Les fusils Lebel ont fait merveille. On vient de les expérimenter pour la première fois. Leurs balles peuvent traverser trois ou quatre corps à la fois.

« Parmi les neuf morts se trouvent deux gosses qui

ont suivi les adultes en sortant de l'école. Il y a aussi Maria Blondeau, la tisseuse de dix-huit ans. Elle tient encore à la main le cadeau de son amoureux : une branche d'aubépine fleurie. »

Chapitre 8

Une lettre

Le gouvernement avait envoyé à Madagascar un corps expéditionnaire pour y établir solidement la présence française. Un édit royal de Louis XIII le Juste déclarait, dès 1642, Madagascar comme bien de la Couronne. Mais surtout l'île était une base de navigation très utile alors que les rapports entre les colons européens et le gouvernement malgache ne faisaient que se détériorer.

Les nouvelles de ce corps expéditionnaire ne furent pas très réjouissantes au début. L'envoi sur place d'un reporter apparut comme prématuré. Le directeur trouva un biais pour satisfaire de Lachesnay sans attendre. Il fit partir Maxime à Londres, en stage chez le correspondant anglais de *La Nouvelle France.* Puis, la situation évolua dans la grande île. Décision était prise d'y frapper un grand coup. Maxime revint, après un mois, et s'apprêta donc pour le voyage.

Le départ fut fixé début juin 1895. Le jeune homme hésita longtemps, puis écrivit à ses cousins de Lachesnay, demandant la permission de leur rendre visite pour un au revoir.

Le banquier dit à sa femme :

« On ne peut pas refuser. Qu'il vienne. Mais un soir où nous n'aurons personne à dîner. »

Ainsi fut fait.

C'était un soir très doux. Dans la cour de l'hôtel, les branches d'arbres fleurissaient. Il venait de la forêt toute proche un parfum d'herbes et de terre, qu'on avait envie de respirer et de conserver longtemps au fond de la poitrine.

Le repas fut sans histoire. De Lachesnay parlait sans arrêt de choses insignifiantes, du rôle civilisateur des nations européennes, et des voyages qui forment la jeunesse.

Maxime écoutait sans trop entendre, fasciné par Agnès, toute proche, assise en face de lui, épanouie, belle comme jamais. Elle était d'humeur charmante, aimable dans ses paroles comme dans ses attentions.

Il se faisait très tard quand il s'en alla.

« Donnez-nous de vos nouvelles, demanda Mme de Lachesnay.

— C'est cela, donnez-nous de vos nouvelles », répéta le banquier.

Agnès le raccompagna jusqu'à la porte d'entrée, au rez-de-chaussée. Il ne savait que dire, le cœur serré. Brusquement, il se rendit compte qu'il ne la verrait plus de longtemps. Durant des mois, des années peut-être. Encore un instant et ce serait fini.

Elle souriait, comme elle souriait toujours. Il aurait voulu plus que jamais forcer cette façade. Lui parler. Mais il se sentait désarmé, impuissant. Il ne trouvait pas les mots qu'il voulait prononcer. Qu'il devait prononcer. Seulement quelques phrases, inutiles, maladroites.

Elle dit soudain :

« Respirez, Maxime. On dirait la campagne normande. Vous souvenez-vous ? »

Oh ! oui, il se souvenait.

« Maman a demandé que vous écriviez », rappela-t-elle encore.

Il promit, heureux de ce simple geste d'amitié. Elle sembla hésiter un instant, gonfla ses lèvres, et ajouta :

« Si vous voulez m'écrire à moi, personnellement, faites-le à l'adresse de mon amie, Sophie d'Anceval. »

Il eut bêtement les larmes aux yeux de cette complicité soudaine et inespérée.

« Je vous répondrai », ajouta-t-elle.

Ils s'embrassèrent gravement, comme au temps de leur enfance, la jeune fille tremblait un peu. Ou bien, ce n'était qu'une illusion. Peut-être le vent frais de la nuit sur le perron...

Il s'en alla, comme s'il était ivre, à la fois triste et

heureux, marchant à travers la ville endormie. Sans penser à rien de précis. Le cœur plein. La tête vide.

Il ne voyait ni les rues parcourues, ni les places traversées, ni les ombres furtives aux lumières jaunes des becs de gaz. Seulement le visage d'Agnès. Ses yeux. Sa chevelure. La moue de sa bouche en parlant :

« Si vous voulez m'écrire... Je vous répondrai... »

Le temps n'est pas seulement une question de jours et de minutes. Il y avait eu des océans à traverser. La moitié du monde. Les paysages nouveaux repoussaient très loin un passé encore proche. Il y avait eu aussi la fièvre, qui l'avait saisi dès son arrivée...

Maxime se souleva de son fauteuil à bascule. Son visage était couvert de sueur, son front lourd.

« Voulez-vous boire quelque chose ?

— Merci, Nora. »

Il avait pressenti d'avance qu'elle serait là, et qu'elle lui parlerait dès son premier geste.

« Ça va bien, ajouta-t-il en souriant. Je me sens mieux après cette sieste. Je vais écrire.

— Votre câble est parti ce matin pour *La Nouvelle France.*

— C'est une lettre que je vais écrire, Nora. »

Ses lèvres se crispèrent légèrement. Elle secoua sa chevelure noire.

« Vous écrivez à Agnès ? »

Il tressaillit, leva les yeux.

Correspondants de guerre à Madagascar.

« Comment connaissez-vous ce nom ? »

Elle se mit à rire :

« Vous l'avez prononcé au moins vingt fois, quand le paludisme vous faisait délirer dans votre lit. »

Il y avait comme un doux accent de reproche dans sa voix. Il la contempla avec attention.

Nora ne ressemblait guère à Agnès, bien qu'elles

fussent d'âge à peu près identique. Sa longue robe blanche faisait ressortir la brune carnation du visage et des bras. Ses yeux en amande brillaient d'un éclat volontaire. Mais c'est surtout par le caractère que les deux jeunes filles différaient. Agnès ressemblait pour Maxime à ces châtelaines du Nord, telles que la légende les évoque, quand elles marchent, les cheveux dans le dos, entourées de brume, insaisissables, immatérielles... Nora, elle, débordait de vie à chaque instant, à chaque geste. Tout en elle était spontané, direct, amical.

Avant qu'il ne puisse l'en empêcher, elle lui apportait déjà du papier et une plume.

« Je vous laisse », dit-elle.

Il eut du remords :

« Nora. Quand le soleil sera moins fort, voulez-vous que nous fassions un tour hors de la ville ? Je dois prendre un peu d'exercice. Nous allons bientôt rejoindre votre père et les troupes. »

Elle acquiesça, les yeux brillants.

Quand elle fut sortie, il réfléchit un instant et se mit à écrire :

« Ma chère Agnès,

Puisque vous m'avez autorisé à le faire, je vous donne donc de mes nouvelles. Voici près d'un mois que j'ai débarqué à Majunga, sur la côte ouest de Madagascar, après un voyage sans histoire.

La ville est légèrement surélevée, entourée de verdure tropicale. Elle s'ouvre sur une baie que l'on nomme Bombeloka. La rivière Betsiboka y déverse des eaux aux teintes rouges. Les plages de l'île brillent d'un blond merveilleux sous le grand soleil qui nous écrase. Plus loin sont les collines, et à l'horizon se profilent les hauts plateaux montagneux du Centre.

Je ne suis pas encore allé jusque là-bas, car dès mon arrivée les fièvres m'ont pris. Elles pullulent dans ce pays, paraît-il. J'ai été soigné par un médecin militaire et surtout par la femme et la fille d'un chercheur d'or chez qui j'habite. Ce sont d'anciennes relations de mon directeur.

Maintenant, je vais beaucoup mieux. Je sors, je marche. Hier matin nous sommes allés, Nora et moi (Nora, c'est la jeune fille), en pirogue, le long de la baie. Les singes s'y balancent sur les arbres et les crocodiles dorment près de l'eau, servant de perchoirs à de longs oiseaux blancs qui semblent veiller sur eux. Des pêcheurs, sur leurs barques, lancent dans l'eau leurs harpons et leurs filets.

J'ai aussi envoyé les premiers câbles à mon journal. Mes premières impressions, je vous les résume : il n'y a pas de guerre ici, au vrai sens du terme. Le corps expéditionnaire a débarqué en mai sans encombre. Quinze mille hommes, dont un régiment recruté par tirage au sort dans toutes les garnisons de France, afin que toutes participent à cette action nationale.

Les troupes de la reine Ranavalona III n'ont opposé pratiquement aucune résistance. Elles ont fui, en tirant quelques coups de canon. Maintenant les soldats avancent lentement à l'intérieur du pays, vers Tananarive, la capitale. Tananarive signifie : "La ville des mille guerriers". En progressant, ils creusent une route dans les marais.

Si les balles ennemies n'ont pas fait de victimes, les maladies et le climat s'en chargent. Sans cesse des malades arrivent à Majunga, et des morts aussi...

Dans deux jours, je vais rejoindre les avant-postes, en passant par les mines d'or où travaille mon hôte... Les missionnaires français débarquent en grand nombre, car les Malgaches sont de religion protestante du fait de l'ancienne influence anglaise. Ils auront beaucoup à faire, surtout dans les campagnes, d'après ce que l'on dit.

Voilà pour l'essentiel, Agnès... »

Maxime écrivit encore longtemps malgré cette dernière phrase. Jusqu'au moment où Nora réapparut. Elle portait une capeline sur la tête et tenait à la main le casque colonial du jeune homme.

« Êtes-vous prêt, Maxime ?

— Je viens. »

Avec résignation, il rangea sa lettre inachevée, en pensant qu'il aurait dû écrire à son ami Barbier.

Chapitre 9

Promenade

Les bourjanes attendaient dehors, au soleil, vêtus de blanc sale, cheveux crépus, pieds nus. Nora et lui montèrent chacun dans un filanzane, qui sont des chaises à porteurs très légères, faites d'un simple siège et de deux perches en bois.

Les bourjanes se mirent à courir, en dépit de la charge pesant sur leurs épaules.

« Je leur ai promis du riz, dit Nora. Ils seront infatigables. »

Ils parcoururent la ville, c'est-à-dire les deux rues principales, parallèles au rivage, la rue du Quartier-Général et celle de la Résidence, pleines de boutiques tenues par des Hindous.

Nora conduisit ensuite le journaliste sur le flanc de

la colline où s'élevaient des maisons basses, mais confortables, entourées de vérandas et de jardins fleuris. Ces demeures appartenaient aux notables de la ville et aux commerçants aisés. La jeune fille lui fit admirer leurs lourdes portes en bois dur sculpté, que l'on faisait venir, toutes prêtes, de l'île de Zanzibar.

Sur le port, les canonnières de débarquement enfonçaient leur nez dans le sable de la plage. Des charpentiers construisaient un ponton. Sous des hangars rudimentaires s'entassaient des piles de sacs et de caisses gardées par des soldats en armes.

Les soldats étaient partout, d'ailleurs, des fusiliers marins et des chasseurs à pied. Les vagues bleu et jaune roulaient paresseusement. Au large se dressaient les silhouettes lourdes des navires de guerre français.

Maxime regardait les passants : des Hindous, des Malais, des Chinois aux longues tresses...

Les bourjanes filèrent vers les quartiers indigènes de Marfoute, enfonçant leurs pieds nus dans le sol sablonneux. Des huttes misérables, couvertes de raphia, se dressaient pêle-mêle à l'ombre des manguiers et des tamariniers.

C'est là que les deux jeunes gens virent une patrouille encercler un groupe de cases. Ils s'arrêtèrent.

Un officier vint vers eux et les salua :

« Nous cherchons des armes, dit-il. Tout est calme depuis notre arrivée. Mais on ne sait jamais. »

Près de lui se tenaient quelques coolies kabyles,

venus s'occuper des milliers de mulets emmenés de France par l'expédition. Maxime remarqua chez la plupart des yeux brillant d'un éclat maladif.

L'officier hocha la tête :

« Ils ne tiennent pas le coup ici, avec ce fichu climat. C'est encore pire que la troupe. »

Un des coolies qui écoutait, intervint alors avec un sourire triste :

« Le chef, il a raison. « Madame-Gascar », c'est pas bon pour nous. »

Nora et Maxime repartirent. La jeune fille dit :

« Les armes, ils ne les trouveront pas. Elles sont déjà dans la brousse. »

Quand Agnès reçut la lettre, elle décida de répondre immédiatement. Mais en relisant la page qu'elle venait d'écrire, elle la déchira sans hésitation. Cela lui paraissait tout à coup ridicule de parler à Maxime des bains de mer à Deauville où elle avait passé l'été, comme de la saison mondaine qui s'annonçait à Paris.

Parler de quoi alors ? Des obsèques de Pasteur dont le char funèbre fut suivi par deux cent mille Parisiens ? De Sarah Bernhardt ? D'Aristide Bruant qui chantait au « Chat noir », de la scandaleuse « Goulue » au bal du Moulin Rouge ? Ou bien de la gloire naissante d'Henriette Couedon, la voyante de la rue de Paradis, chez qui la meilleure société se pressait en foule ?

Peut-être de la visite officielle du tsar ? Ou bien des engelures de Baptiste, l'hippopotame du Jardin des plantes, qui faisaient les grands titres dans les journaux ?

Elle haussa les épaules, et reprit machinalement le *Journal des voyages et des voyageurs* posé sur la table. Elle relut, sous la rubrique de Madagascar, un entrefilet qui l'avait frappée, le jour même :

« Si, par hasard, le sentiment d'avoir à sauvegarder l'indépendance nationale se faisait jour dans l'esprit des sujets de la reine Ranavalona III, ils pourraient sans doute organiser une guerre de partisans assez pénible pour nos troupes. »

Non. Maxime écrivait que la situation était calme. Son père d'ailleurs disait que toutes les banques françaises ouvraient des succursales dans l'île... Bien sûr, il fallait s'habituer au climat. Pauvre cousin... Bah ! il avait passé le plus difficile.

Elle réfléchit à nouveau. Tiens, une nouvelle qui, elle, l'intéresserait sûrement : on commençait à reparler de l'affaire Dreyfus. Il courait là-dessus des bruits étranges de bouche à oreille : le capitaine Dreyfus aurait été condamné sur la base de pièces secrètes communiquées aux juges à l'insu de la défense. Félix Faure, le nouveau président de la République, l'aurait avoué lui-même à un ami intime, le docteur Gilbert, du Havre.

On frappa à la porte, et la femme de chambre entra.

« M. Christian de Méricourt est là, mademoiselle.

— Dites-lui que je viens. »

Agnès se leva en hâte, oubliant tout le reste. Elle déchira sa seconde feuille de papier à peine couverte de quelques lignes, et glissa la lettre de Maxime dans un tiroir.

L'important, c'était de regarder dans le miroir si sa coiffure tenait en place. Une coiffure à la mode, compliquée, et qui lui donnait beaucoup de travail.

Assise à l'arrière du bateau, la mère de Nora n'avait pratiquement pas bougé depuis le départ de Majunga. Timide, effacée, de santé fragile, elle appréhendait même la simple vibration du moteur et sursautait à chaque coup de fusil que les soldats tiraient sur des sauriens trop entreprenants.

Maxime et la jeune fille contemplaient les eaux rouges de la rivière, et les berges couvertes de folle végétation.

« Encore une journée à peine, et nous serons arrivés à Suberbieville, soupira Nora.

— Vous ne semblez pas heureuse de retrouver votre père ?

— Oh si ! Seulement chaque médaille a son revers. »

Il n'insista pas.

« Parlez-moi un peu de ce M. Suberbie, qui possède une ville portant son nom.

— Une ville, c'est beaucoup dire. Vous jugerez vous-même... M. Suberbie est l'ancien consul de France à Madagascar. Voici environ dix ans, le Premier ministre de la reine lui a concédé un territoire de quatre-vingt mille kilomètres carrés, pour y chercher de l'or. Quatre-vingt-dix pour cent des bénéfices sont partagés entre eux deux, et dix pour cent reviennent au gouvernement malgache. Malgré les difficultés de main-d'œuvre, mon père nous dit que l'affaire marche bien. La production dépasse un kilo d'or par jour. M. Suberbie a pu acheter quantité d'immeubles à Tananarive et à Tamatave.

— L'affaire semble marcher, en effet. Et votre père, Nora, que fait-il dans cette galère ?

— Il est ingénieur à la compagnie. Il s'occupe de la recherche des filons aurifères. »

De nouveaux crocodiles, à la peau rugueuse, venaient tourner autour de la lente chaloupe à vapeur.

« Sont-ils laids, remarqua la jeune fille. Il est un proverbe d'ici qui dit : "Ces bêtes-là, elles pourront se laver durant mille années, jamais elles ne seront propres." »

Elle soupira tout à coup et reprit :

« Vous en avez de la chance, Maxime. Les crocodiles, cette rivière rouge, ces paysages, vous n'êtes pas condamné, vous, à les contempler votre vie durant. Savez-vous que je me souviens à peine de la France ? Je donnerais cher pour vivre à Paris, avoir froid quelquefois, sentir la neige sous mes pieds, porter des bottines et des robes de soie, regarder les vitrines illuminées des boulevards... »

Elle se tut, et demeura pensive, accoudée à la rambarde en fer du bateau.

Maxime regardait ses cheveux noirs et son visage penché. Il songeait à une autre chevelure, à un autre visage.

Chapitre 10

Tananarive

Le lendemain, ils arrivèrent à Suberbieville, après avoir remonté un chenal, creusé artificiellement. Un canal si étroit et si peu profond qu'il fallait sans cesse faire plonger les indigènes pour détacher de l'hélice des herbes et des végétaux.

Georges Nadard, le père de Nora, attendait sa famille au pied de l'embarcadère. C'était un homme d'âge mûr, le visage buriné par sa vie au grand air, d'aspect sympathique. Sa femme et sa fille se jetèrent à son cou. Il accueillit Maxime avec chaleur.

« Soyez le bienvenu parmi nous. »

Comme le disait Nora, la ville n'avait de ville que le nom. On en faisait le tour rapidement. Quelques maisons en bois de style colonial, enfouies dans la verdure, quelques baraquements divers, quelques machines. Et des cases éparpillées où vivaient les Malgaches...

« Ça va mal en ce moment », expliqua Nadard aux nouveaux arrivants.

Un domestique venait de leur servir le déjeuner, composé d'une sorte de ragoût de porc, dont l'assaisonnement mettait la bouche en feu.

« Que se passe-t-il donc ? » demanda Nora.

Son père haussa les épaules.

« Les ouvriers se sauvent. Ceux qui restent ne travaillent pas. La région n'est plus sûre. Des bandes de brigands sont venues piller et brûler par ici à plusieurs reprises. On ne peut se déplacer qu'en groupe et les armes à la main. Nous ne sommes pas tellement nombreux. »

Mme Nadard frissonna, malgré elle.

Après le repas, Maxime sortit faire un tour. Les installations semblaient hors d'usage, les wagonnets restaient alignés sur les voies. Personne ne devait plus laver la terre dans les filons dispersés.

Des ouvriers indigènes désœuvrés, vêtus de simples pagnes, torses nus, se tenaient accroupis dans les coins d'ombre. Ils parlaient entre eux, interminablement, à voix basse. Des poules picoraient autour des maisons. Des enfants nus traînaient partout.

« Heureusement qu'il y a des soldats, dit Nadard en le rejoignant. Quand tout le pays sera occupé, nous nous remettrons au travail. Pour l'instant, il s'agit de tenir. »

En groupe, eux aussi, les Européens jouaient aux cartes pour tuer le temps, le revolver à portée de la main. Beaucoup buvaient. Ils semblaient se désintéresser de tout.

Maxime prenait des notes. Il interrogea le père de Nora sur le pays, l'exploitation, les affaires.

Quand ils en vinrent à parler des ouvriers malgaches, le journaliste perçut une réticence très nette chez son interlocuteur :

« Moi, je ne m'occupe que des questions techniques, dit-il. C'est vrai qu'ils se plaignent de toucher un salaire très bas. Et c'est vrai aussi que les contremaîtres usent un peu trop de la cravache... Moi, je n'étais pas d'accord quand M. Suberbie a fait construire une prison non loin d'ici. Mais il faut comprendre. Ce sont des êtres primitifs. Savez-vous que certains tuent encore leurs enfants qui naissent un jour néfaste ? Les peuplades les plus fortes oppriment les autres... »

Maxime apprit encore que Suberbie devait près de trois millions de piastres au gouvernement malgache.

Et les jours passèrent. Nora s'ennuyait un peu. Elle tenait compagnie à sa mère qui mettait de l'ordre dans la case et les vêtements de son mari. Quelquefois, elle poursuivait des papillons aux couleurs extraordinaires, sans s'écarter du camp ; ou bien elle cueillait des fleurs, comme on n'en trouve nulle part ailleurs.

Dès qu'elle le pouvait, elle rejoignait Maxime. Ensemble, ils tenaient de longues conversations, où il était question de leurs lectures, de la France, de l'affaire Dreyfus, de mille autres choses encore. Mais jamais d'Agnès.

Enfin, comme prévu, un détachement militaire arriva de Majunga. Les hommes en vareuses bleues et en casques blancs étaient portés sur les filanzanes par une nuée de bourjanes réquisitionnés. Une partie de la troupe resta à Suberbieville, appelée à devenir un centre important de l'armée.

Maxime prit congé à regret de la famille Nadard. Il devait accompagner les soldats qui rejoignaient la colonne en route vers Tananarive. Nora essayait de cacher ses larmes...

« Nous nous reverrons, n'est-ce pas ?

— Mais bien sûr. »

La main de la jeune fille serra la sienne très fort.

« Ne m'oubliez pas, Maxime. »

Ce fut la brousse, la forêt, la route fraîchement tracée, avec de temps à autre des postes militaires fortifiés. La nuit, il fallait dormir dans les tentes hâtivement dressées, enroulé dans une moustiquaire pour éviter d'être dévoré vivant. La chaleur devenait de plus en plus étouffante, l'air n'était plus tempéré par le vent de la mer.

Les soldats croisèrent à plusieurs reprises des convois de malades, retournant vers la côte. Maxime leur confia ses câbles pour *La Nouvelle France*. Par endroits, dans des ravins, s'amoncelaient les carcasses hors d'usage des voitures de transport Lefèvre, en métal léger, fabriquées tout exprès pour la campagne. D'ailleurs, des débris de toute sorte (caisses, bidons, sacs éventrés, harnachements, chaussures sans semelles) permettaient presque de suivre l'armée à la trace, tout le long du chemin.

Enfin, ils arrivèrent le 20 août dans une bourgade appelée Andréba, située dans une large plaine, bosselée par des plateaux. Une patrouille les arrêta. Ils venaient de rejoindre le gros de l'armée française.

Les tentes de campagne des soldats étendaient leurs toiles sur des centaines de mètres. Il régnait dans le camp une grande animation. La nouvelle courait que le général Duchène venait de décider d'arrêter la construction de la route. Il y avait déjà trois mille huit cents soldats malades dans le corps expéditionnaire, sans compter bien entendu les coolies kabyles.

Maxime se coucha, ce soir-là, ivre de fatigue.

Le lendemain, 21 août, il dormait profondément quand l'armée des Hovas[1] attaqua dès l'aurore. Le combat fut très bref. Pris sous le feu des mitrailleuses, l'ennemi ne tarda pas à s'enfuir en désordre, abandonnant des retranchements préparés dans la brousse pour barrer le chemin aux Français.

Le jeune journaliste ne vit presque rien de la bataille. Les soldats de Duchène, libérés de leurs tra-

---

1. *Hovas* : caste des « hommes libres » du peuple des Mérinas, peuple le plus important des habitants de Madagascar. Trois autres castes existaient à l'époque chez les Mérinas : « les nobles », « les affranchis », « les esclaves ».

La guerre à Madagascar.

vaux de terrassement, se mirent en marche le jour même vers Tananarive. Sans plus rencontrer de résistance physique. Il restait à peu près deux cents kilomètres à parcourir.

Cela prit un mois.

Enfin apparurent les hauts plateaux de l'Imérina, « le pays que l'on voit de loin », et Tananarive, « la ville des mille guerriers ». Les rizières vertes s'étendaient à perte de vue et de grands troupeaux de bœufs aux longues cornes y paissaient dans les pâturages.

L'armée des Hovas se trouvait là, face aux troupes françaises affaiblies par la maladie et la marche. Il y eut bien quelques engagements, les 28 et 29 septembre. Mais les officiers français oublièrent vite la peur qui les avait pris d'avoir à livrer une grande bataille. Les Malgaches, pourtant instruits par les Anglais, ne savaient pas se battre.

Le 30 septembre au matin, les Français attaquèrent les crêtes à l'est de Tananarive et s'en emparèrent rapidement. Ils prirent aussi l'observatoire météorologique de la mission catholique, installé sur une hauteur.

Des batteries furent montées, prêtes à tirer sur la ville. Six colonnes d'assaut se déployèrent, fortes chacune de deux compagnies.

Il suffit de trois obus de mélinite envoyés sur le palais de la reine pour que, en début d'après-midi, les parlementaires sortent des fortifications le drapeau blanc à la main.

Les habitants voulaient se défendre, dresser des barricades. Le Premier ministre préféra la capitulation pure et simple.

Maxime accompagna le premier bataillon qui entra à Tananarive, son crayon et son bloc de papier à la main.

Ils durent descendre une sorte de vallon étroit et franchirent l'entrée principale, grande ouverte.

Les rues n'étaient que des passages rocailleux. Tous les habitants se pressaient sur les terrasses des maisons. Pas un mot, pas un cri, pas un geste. Le silence le plus absolu. Les soldats serraient leurs armes contre leur poitrine.

Ils atteignirent une barricade en maçonnerie. Des sapeurs ouvrirent un passage. La place d'Andohalo, centre de la ville, fut occupée. Des officiers se dirigèrent vers le palais royal.

Maxime entendit les ordres : défense à la population de sortir. Installer des postes aux points stratégiques...

C'était déjà fini.

Les mois passèrent lentement. Dès octobre 1895, la reine Ranavalona III avait accepté le protectorat français. Maxime demanda donc au journal des instructions concernant son retour. Mais le directeur de *La Nouvelle France* répondit par télégramme : « Articles intéressants. Restez sur place et continuez reportage. Rentabilité assurée par revente de vos comptes rendus à journaux belges, anglais et même russes. Amitiés. »

Maxime resta donc à Tananarive. Bientôt la famille Nadard s'y installa, provisoirement elle aussi en raison de l'insécurité persistante des campagnes. Nora était ravie.

Les deux jeunes gens se rencontraient souvent, avec un plaisir sans cesse grandissant. D'autant plus que les distractions manquaient plutôt.

Le travail laissait à Maxime beaucoup de liberté. Suffisamment pour rêver et se sentir bien souvent envahi de nostalgie.

Heureusement, Jeanne et François Barbier donnaient régulièrement de leurs nouvelles. Leurs lettres amicales rappelaient au journaliste des souvenirs très doux. François parlait du journal et racontait aussi ce qui lui tenait le plus au cœur : la grève des ouvriers de Carmaux par exemple, défendue par Jean Jaurès, la naissance de la Confédération générale du travail à Limoges... Ou encore il évoquait la grande peur de certains milieux à l'annonce de projets de loi instituant un impôt sur le revenu, chacun devant être taxé selon ses richesses.

Agnès écrivit aussi à plusieurs reprises, des lettres au parfum lointain de lavande. Maxime les dévorait, cherchant ensuite longuement à lire entre les lignes. Et ne trouvant rien :

« Nous avons vu l'autre jour, à la Porte-Saint-Martin, la nouvelle pièce de M. Edmond Rostand : *La Princesse lointaine.* À la fin, mère en avait les larmes aux yeux... Tout Paris, mon cousin, est fou du cinématographe. Imaginez des photographies sur une toile blanche qui s'animent devant vous, et vous procurent l'illusion même de la vie. Les gens bougent. On dirait qu'ils sont vivants. Je ne voulais pas croire ce qu'écrivaient les gazettes, mais quand j'ai vu, face à ma chaise, une locomotive rouler droit sur moi, je me suis levée à moitié, effrayée, je l'avoue... Mon père a rencontré M. Lumière, l'inventeur. Il lui a proposé, comme d'autres, de lui acheter son brevet. Mais M. Lumière a refusé. Il dit à chacun : "Vous feriez une mauvaise affaire, le cinématographe n'a aucun avenir." »

Une fois seulement, Agnès ouvrit un peu son cœur :

« Le poète Verlaine est mort. Quand j'ai appris la nouvelle, de longues heures durant j'ai relu des vers recopiés sur mon cahier. Je n'en ai retenu que ce qui est doute et tristesse :

L'espoir a fui, vaincu, vers le ciel noir...
L'amour, je voudrais bien qu'on ne m'en parle plus...
Mon âme pour d'affreux naufrages appareille...

Est-ce ridicule, mon cousin ? Comme dit le même poète : "C'est bien la pire peine de ne savoir pourquoi, sans amour et sans haine, mon cœur a tant de peine..."

Maman me conseille de lire plutôt les poèmes édifiants écrits par Verlaine à la gloire de Dieu et de la foi... »

Tout ce courrier arrivait avec un grand retard, au long de l'année 1896. Les postes fonctionnaient mal. Car la situation à Madagascar se gâtait rapidement.

Cela avait commencé par des disparitions d'armes, puis par quelques « désordres » : attaques de colons isolés, embuscades diverses. La révolte prit de l'extension dans le centre de l'île. Les Fahavalos[1] se levaient par milliers devant l'occupation de leur pays. Ils portaient des noms curieux : « gens du pays des ronces », « ceux qui se réjouissent », « les nombreux aux petites tresses »... Ils étaient braves.

La ville d'Antsirabé fut assiégée. En août 1896, Tananarive elle-même se trouva isolée. Un de ses faubourgs brûla. Les routes vers la côte ouest devinrent impraticables. Et seuls de forts convois militaires pouvaient encore se rendre de la capitale à Tamatave, le grand port de l'Est.

---

1. *Fahavalos* : « brigands », « ennemis ». Nom donné aux insurgés malgaches.

Mayeur me conseille de lire plutôt les poèmes [illegible] écrits par [illegible] à la gloire de l'Île rouge. [illegible]

Cela avait commencé par des [illegible] d'armes, puis par quelques « fahavalos » [illegible] sous [illegible] des diverses. Le territoire [illegible] l'occupation dans le centre de l'île. Les Fahavalos se levaient par milliers devant l'occupation [illegible], la population [illegible] « gens [illegible] » des « [illegible] », [illegible] leur [illegible] « [illegible] ». [illegible] graves.

1. [illegible]

Chapitre 11

Le « petit bleu »

Tandis que Maxime Dumas voyait se prolonger son séjour à Madagascar, derrière les épaisses murailles du ministère de la Guerre, à Paris, se déroulaient un certain nombre d'événements dont le public n'avait nul écho.

Au début de l'année 1895, après le procès Dreyfus, le colonel Sandherr, chef du service de renseignements, tomba malade, paralysé. Il fut remplacé par le commandant Picquart, promu lieutenant-colonel, le 1er juillet de la même année. Le commandant Henry en éprouva une déception furieuse, car il comptait bien succéder lui-même à son ancien chef, qu'il secondait si bien dans les circonstances les plus délicates.

Picquart avait quarante et un ans. C'était un Alsacien solide, ancien combattant de nombreuses campagnes coloniales : Afrique, Tonkin, Chine. Attaché à l'État-Major, il professait à l'École de guerre, se passionnait de musique et de beaux-arts, s'intéressait à beaucoup de choses.

Il n'aimait pas plus les juifs que les autres officiers supérieurs, mais il était honnête.

Après sa nomination, le général de Boisdeffre, chef d'État-Major, lui demanda, entre autres, de poursuivre la recherche de nouvelles preuves contre le capitaine Dreyfus.

« Il serait bon que vous en trouviez... »

Soucieux d'obéir, Picquart essaya différentes pistes possibles. En particulier celle d'une Italienne, qui avait déclaré connaître des étrangers possédant des documents accablants pour le capitaine.

Il fit passer des lettres de Dreyfus au citron, afin de voir s'il n'apparaissait pas entre les lignes des messages secrets écrits à l'encre sympathique. Tout cela ne donna rien. Pas plus que les recherches personnelles d'autres agents du service.

Cependant, Marie Bastian, la femme de ménage de l'ambassade d'Allemagne, continuait à remettre au service le contenu des corbeilles à papiers. Le déchiffrage de certains de ces papiers permit de constater que de nouvelles fuites se produisaient à partir du ministère. Dont certaines assez importantes.

« Dreyfus n'était pas seul », pensait Picquart.

Un jour de mars 1896, la Bastian attendait le commandant Henry à sa place habituelle, devant le porche de l'église Sainte-Clotilde. L'officier fut ponctuel au rendez-vous, prit les cornets de papiers et retourna directement les porter à son bureau.

Un message urgent l'attendait. Sa mère était gravement malade. Il alla prévenir le lieutenant-colonel Picquart.

« Allez-y tout de suite, dit ce dernier très compréhensif. Ne vous inquiétez pas du reste. »

Henry lui remit les papiers, remercia et se sauva.

Aidé par le capitaine Lauth, Picquart se mit au travail. Un travail de routine, pensait-il.

Soudain, des morceaux déchirés attirèrent son attention. Des fragments d'un télégramme, un « petit bleu », comme on disait alors, écrit par l'attaché militaire allemand, le major de Schwartzkoppen. Destinataire : un certain commandant Esterhazy...

« Monsieur,

« J'attends avant tout une explication plus détaillée que celle que vous m'avez donnée l'autre jour... »

La lettre continuait sur ce ton de connivence. Elle sentait l'espionnage à plein nez. Rien d'étonnant à ce qu'elle n'eût pas été finalement remise à la poste, mais jetée.

Le colonel s'inquiéta :

« Qui est ce commandant ? »

Lauth parut quelque peu gêné pour répondre. Et, plus tard, Henry le fut également. En effet, ils connaissaient tous deux Esterhazy. Il avait travaillé quelque temps pour le service de renseignements, mais Sandherr s'en était débarrassé très vite, bien qu'étant son ami.

Sans rien dire à personne, Picquart fit faire une enquête. Un commissaire spécial fut détaché tout exprès de l'Intérieur au ministère de la Guerre. Des agents « filèrent » l'officier.

Bientôt, les premiers renseignements arrivèrent :

Marie Charles Ferdinand Walsin Esterhazy était le fils d'une vieille famille hongroise. Un ancien de la Légion étrangère. En 1878, il avait effectivement travaillé à la section des statistiques. Puis était parti en Tunisie. Mauvaise réputation. L'homme, coupable de nombreuses indélicatesses, se trouvait toujours à court d'argent, criblé de dettes. Bien que marié à une noble marquise française, il vivait maintenant à Paris avec une femme de moralité plus que douteuse : la fille Pays, surnommée « petit secousse » dans les lieux mal famés. Deux jours après celui où Dreyfus fut envoyé au bagne, il était nommé chef de bataillon.

Tandis que l'enquête suivait lentement son cours, quelques semaines plus tard, Picquart reçut la visite du colonel Foucault, attaché militaire français en Allemagne.

Celui-ci lui conta une histoire très intéressante :

Le lieutenant-colonel Picquart, lors de la révision du procès.

« Mon cher ami, j'ai rencontré Richard Cuers à Berlin. Vous le connaissez peut-être de nom ? C'est un agent secret allemand que les services de l'empereur viennent de mettre à la porte, je ne sais trop pourquoi. Ce Cuers est plus ou moins en fuite. Il voudrait refaire sa vie, et il sait que nous avons sur lui des papiers compromettants. En échange de ceux-ci, il m'a confié différentes choses et en particulier, un renseignement assez époustouflant : l'État-Major allemand voudrait bien savoir pour qui, diable, travaillait le capitaine Dreyfus, car ce n'était pas pour lui...

— Comment ! Voulez-vous répéter, colonel ?

— Il apparaît que l'État-Major allemand, que les services secrets allemands ne connaissent pas Dreyfus. C'est bien cela. »

Troublé par ce qu'il venait d'apprendre, Picquart demanda à l'officier d'organiser une rencontre avec Cuers.

« Bien entendu, la plus grande discrétion est de rigueur. »

La rencontre fut fixée au 6 août, à Bâle, en Suisse. Malheureusement, un empêchement de dernière minute ne permit pas à Picquart de s'y rendre lui-même. On ne connaît pas la nature de cet empêchement. Sans doute une mission urgente et impérative de l'État-Major. Le commandant Henry et le capitaine Lauth proposèrent alors avec insistance de le remplacer. Picquart accepta.

Plus tard, Richard Cuers, l'espion allemand, racontera :

« Ce fut une curieuse entrevue. Les Français m'invitèrent à déjeuner. Je leur ai dit la vérité : Dreyfus est inconnu à Berlin. Celui qui fournit des renseignements, c'est Esterhazy. Ils n'ont pas voulu me croire. C'est tout juste s'ils m'ont laissé parler... »

Le commandant Henry fit son rapport à son chef :

« Cuers a refusé de nous dire le nom du traître. Il n'y a rien à en tirer, mon colonel. »

La piste semblait tourner court. Mais Picquart, comme poursuivi par un pressentiment, refusait de l'abandonner. Esterhazy faisait des démarches pour être admis à travailler au ministère de la Guerre. Le colonel réussit à se procurer une lettre écrite de sa main.

Quand il aperçut l'écriture, il sursauta et se précipita vers le coffre-fort blindé du service. Là se trouvait le fameux « bordereau », rendu par les autorités judiciaires. Il compara les deux papiers. Les écritures correspondaient exactement.

Picquart convoqua du Paty de Clam et l'expert Bertillon. Il leur montra, à chacun séparément, la lettre d'Esterhazy. Tous deux eurent la même réaction :

« C'est l'écriture du "bordereau". »

Bouleversé, le colonel prit alors connaissance du dossier Dreyfus au complet. Il s'aperçut, en le parcourant, sur quelles bases fragiles et irrégulières le capitaine avait été condamné.

Il demanda à être reçu par le général de Boisdeffre, et lui raconta toute l'histoire. Le général aussi sembla ému en l'écoutant. Mais pas pour les mêmes raisons :

« Mercier avait donné ordre de détruire le "bordereau", dit-il, avec tout le dossier. Pourquoi ne l'a-t-on pas fait ?

— Je l'ignore. Mais là n'est pas la question, mon général. »

De Boisdeffre se tenait toujours à l'écart des problèmes délicats. Par principe. Il eut un geste de la main :

« Bien... allez donc parler de tout cela avec mon adjoint, le général Gonse. »

Ce dernier, qui ressemblait à un bœuf, se reposait en ce moment à la campagne. À Cormeilles-en-Parisis, près de Versailles. Il eut, quant à lui, un petit rire ironique après les explications de Picquart :

« Alors, d'après vous, on se serait trompé ? »

Mais son rire ne dura guère. Il donna des directives précises et impératives :

« Poursuivez discrètement votre enquête, soit. Mais surtout, séparez bien les deux affaires : l'affaire Dreyfus, qui est terminée, et l'affaire Esterhazy. »

Quelques jours plus tard, de retour au ministère, il confirma ses premières indications. Et ajouta :

« De toute façon, on ne peut prendre des mesures contre Esterhazy. Nous manquons de preuves suffisantes.

— Il faut au moins que je l'interroge. Puis-je le convoquer ?

— Non.

— J'ai fait interroger son ancien secrétaire. Celui-ci a avoué qu'il lui arrivait de recopier des documents militaires pour le commandant.

— Cela ne veut rien dire.

— Mais...

— Il n'y a pas de "mais". Nous manquons de preuves suffisantes. C'est clair ?

— Et Dreyfus, mon général ? »

Gonse regarda Picquart dans les yeux. Ils étaient seuls tous les deux, dans le bureau du sous-chef d'État-Major.

« Qu'est-ce que cela vous fait, dit-il, que ce juif reste à l'île du Diable ?

— Mon général, il est innocent.

— C'est une affaire que l'on ne peut rouvrir. Le général Mercier, le général Saussier y sont mêlés.

— Mais puisqu'il est innocent !

— Si vous ne dites rien, personne ne le saura. »

Le lieutenant-colonel Picquart s'en fut, serrant les poings. Il comprenait que tout serait fait pour que la vérité n'éclatât pas au grand jour. L'armée ne pouvait pas se déjuger. L'armée ne se trompait jamais... Elle avait condamné Dreyfus. Dreyfus était coupable. Et, peut-être, y avait-il aussi quelqu'un à couvrir, quelqu'un de très haut placé ? Mercier ? De Boisdeffre ? Saussier lui-même ?

Il se souvenait en tout cas de ce qu'on lui avait confié à l'oreille, à propos d'Esterhazy :

« C'est l'ami intime d'un certain capitaine Weil, chassé pour tricherie au jeu, et puis finalement réintégré dans l'armée. La femme de ce Weil est l'amie du vieux généralissime Saussier. Elle le mène par le bout du nez. »

Picquart soupira. Son rêve, c'était une armée forte et pure, faite seulement pour défendre la patrie.

Chapitre 12

L'oubli

« Il faut à tout prix empêcher l'oubli de se faire… »

Celui qui parlait de cette façon, c'était Mathieu Dreyfus, le frère du capitaine. Dès le début de l'affaire, il avait abandonné la direction de son usine de Mulhouse pour se consacrer exclusivement à la défense, puis à la réhabilitation du condamné. Car il était convaincu de son innocence. Il connaissait trop bien les sentiments d'Alfred pour en douter.

Avec courage et passion, Mathieu essaya toutes les démarches possibles auprès des journalistes influents et des hommes politiques. Sans convaincre personne d'ailleurs. Même dans les milieux israélites, on le repoussa :

Alfred Dreyfus dans sa prison.

« Un traître, c'est un traître. Moins on parlera de votre frère et moins on dira du mal des juifs... »

Pour tenter de retrouver le ou les vrais coupables, Mathieu fit appel à des policiers privés. Il alla jusqu'à consulter une voyante « extralucide », une paysanne du Havre.

Tout cela sans succès. La police privée n'était pas de taille. Quant à la voyante, l'affaire la dépassait largement.

Lucie Dreyfus luttait courageusement aux côtés de son beau-frère. Un homme les aidait : Bernard Lazare, un jeune écrivain passionné, ami de la famille.

Fin août 1896, en désespoir de cause, Mathieu paya un journaliste anglais pour publier un article sur une fausse tentative d'évasion du capitaine, enfermé à l'île du Diable.

« Il faut empêcher l'oubli, à tout prix. C'est l'essentiel. »

La presse française réagit à la nouvelle et se déchaîna avec bruit :

« On veut faire s'évader le traître ! »

« Qui veut faire s'évader le traître ? »

« Le syndicat des juifs en action ! »

Le ministère publia un démenti. Des mesures exceptionnelles furent décidées pour la garde de Dreyfus...

Depuis plus d'un an et demi, le capitaine était enfermé dans une case de l'île du Diable, la plus petite des îles du Salut, près de Cayenne. Seul, mal nourri, souffrant des fièvres et de la chaleur torride, victime de multiples vexations de la part des geôliers. Mais toujours inébranlable, clamant son innocence et réclamant sans cesse dans chacune de ses lettres à sa femme que l'on continue encore à chercher la vérité.

Jusqu'alors, il avait au moins le droit de se promener un peu le soir sur les rochers. De respirer. De regarder la mer. De guetter les bateaux qui, chaque mois, lui apportaient de France des nouvelles des siens. De ses enfants...

À compter du 7 septembre, par précaution, il fut enfermé de jour comme de nuit. La nuit, on lui mettait en plus des fers aux pieds. Bientôt, il eut les chevilles en sang. Des instructions précises arrivèrent du ministère des Colonies. Des goélettes de la Marine empêcheraient désormais tout accès à l'île du Diable. D'autre part, si Dreyfus mourait, il ne fallait pas, comme c'était la coutume pour les bagnards, le donner à manger aux requins. Mais bien le faire embaumer et le renvoyer en France, afin qu'il y ait la preuve tangible de sa mort.

La tentative de Mathieu s'était donc soldée par des souffrances accrues pour le condamné.

Seulement, l'Affaire revenait au grand jour. Les journaux brodaient sur le sujet des variantes nouvelles. Un témoin commit sans doute une indiscrétion car, le 14 septembre, le journal *L'Éclair* publia un article, affirmant qu'au procès une pièce secrète avait été présentée aux juges. Il citait la lettre : « Cette canaille de D... »

Lucie Dreyfus sauta sur l'occasion. Deux jours plus tard elle envoyait au ministère une pétition réclamant la révision du procès de son mari pour vice de forme : s'il existait des preuves secrètes, elles auraient dû être portées à la connaissance de l'accusé et de son avocat.

À l'État-Major, on s'inquiéta. Pas question de désavouer l'armée ! Seulement, avec ce remue-ménage nouveau autour de l'Affaire, Picquart devenait dangereux. Qu'il n'aille pas surtout parler d'Esterhazy à un journaliste ! Le général de Boisdeffre s'en fut trouver le général Billote, le nouveau ministre de la Guerre, qui avait succédé au général Mercier.

« Général, le lieutenant-colonel Picquart n'est pas fait pour ce service de renseignements qu'il dirige. L'affaire Dreyfus le préoccupe trop... Picquart s'est distingué au Tonkin. Dans son propre intérêt, il faut le remettre au service actif. »

Le ministre sembla hésiter. Picquart lui avait parlé d'Esterhazy. Qu'est-ce que tout cela voulait dire ?

À son tour, le gros général Gonse alla lui rendre visite. La diplomatie n'était pas le fort de ce militaire. Il joua cartes sur table :

« Mon général : vous savez qu'une certaine presse veut mener campagne contre vous. On vous accuse d'utiliser des fonds secrets du ministère à votre profit. Pure calomnie, bien entendu. À l'État-Major, nous essayons d'empêcher une telle campagne. Si vous ne renvoyez pas Picquart, ce sera difficile. Il faut choisir entre lui et nous. »

L'État-Major constituait une force dont on était obligé de tenir compte. Et le ministre était lui-même un général. Il céda. Le 27 octobre, il signait un ordre de mission envoyant Picquart inspecter les garnisons de l'Est. Puis, le 16 novembre, le lieutenant-colonel quitta la France pour l'Algérie, et la Tunisie.

Le commandant Henry se frottait les mains. En fait, c'est lui maintenant qui commandait le service.

Le 18 novembre, répondant à la pétition de Mme Dreyfus, le ministre de la Guerre déclara sans hésitation : « Il n'est permis à personne de revenir sur ce procès. »

Le 10 novembre, c'est-à-dire huit jours plus tôt, avait paru dans le journal *Le Matin* un facsimilé du fameux « bordereau », vendu par un des experts en écriture désigné avant le procès.

Nouvelle indiscrétion qui prendra plus tard une grande importance.

Ce matin du 10 novembre donc, le major de Schwartzkoppen, attaché militaire, travaillait dans son bureau de l'ambassade d'Allemagne.

On lui apporta la presse du jour, comme à l'accoutumée. Et il tomba immédiatement sur le document qui s'étalait en première page du *Matin*.

Il le parcourut avec une surprise profonde.

Dès le début, le major s'était fortement intéressé à l'affaire Dreyfus. En 1894, il avait eu peur, l'espace d'un instant, en apprenant l'arrestation d'un officier-espion. Mais au nom de Dreyfus, il avait respiré. Le capitaine lui était parfaitement inconnu.

C'est donc avec beaucoup d'assurance que l'ambassade publia des démentis aux accusations qui lui étaient faites.

La porte du cabinet s'ouvrit et l'ambassadeur parut. Le comte de Munster entra, le visage irrité. Le vieux gentilhomme avait horreur de ces histoires d'espionnage. Lui aussi tenait *Le Matin* à la main.

« Vous avez vu, major ?

— J'ai vu, Votre Excellence. »

De Schwartzkoppen s'était levé, les talons joints.

« Et qu'avez-vous à dire ?

— Je m'excuse beaucoup, Votre Excellence. Je connais l'écriture du document publié. Sans doute. Mais j'affirme n'avoir jamais eu entre les mains ce "bordereau" qui m'était prétendument adressé. »

Maxime frappa du poing contre la table. Sa voix était vibrante. Jamais Nora ne l'avait vu aussi ému :

« Je ne comprends pas, disait-il. Quelque chose m'échappe. L'île de Madagascar est maintenant une colonie française. Soit. Nous avons décidé cela pour pouvoir abolir l'esclavage. Le 27 septembre, le résident Laroche l'a annoncé officiellement, en accord avec la reine. Mais, le lendemain, 28 septembre, le général Gallieni est arrivé de France. Furieux de cette décision, il a fait saisir le *Journal officiel* et dicté lui-même une note signée par le Premier ministre et disant : “Les esclaves noirs n’ont pas à bouger, la déclaration n’est qu’une simple formule verbale, en usage chez les Européens. Il n’y a rien de changé dans nos lois...” Qu’est-ce que cela signifie ? »

Le journaliste s’interrompit un instant pour reprendre haleine. Nora le regardait et s’efforçait de l’écouter. Mais visiblement, ses pensées étaient ailleurs. Maxime ne s’aperçut de rien et reprit :

« Peut-être est-ce seulement de la stratégie politique ? Mais quelle est la situation aujourd’hui ? La reine exilée. Des princes fusillés. Une répression très dure. Je n’imaginais pas cela... Nora, j’ai vu de mes propres yeux des villages brûlés. Vous savez, de ces villages fortifiés, entourés de haies infranchissables, épaisses de plusieurs mètres, avec des portes qu’on ferme la nuit à l’aide d’un disque de pierre. J’en ai vu, complètement détruits par nos troupes. Et des têtes coupées, ornées de coquillages, sur des piquets fichés en terre. Pardonnez-moi, Nora... Les lecteurs de *La Nouvelle France* jugeront. J’ai envoyé des articles et des dessins. Il faut que les Français sachent ce que l’on fait en leur nom.

— Calmez-vous, Maxime. La guerre c’est la guerre.

— Je n’ai pas terminé. À côté de cela, on distribue gratuitement des terres aux colons européens. Des terres appartenant aux Malgaches. Un million deux cent mille hectares à M. Suberbie. Deux cent mille hectares à la Société de la Grande Ile. Deux cent mille à la Franco-Malgache de Culture. Et j'en oublie...

— Calmez-vous, répéta Nora. Que pouvons-nous faire ? »

Maxime se laissa tomber sur sa chaise. La sueur ruisselait sur son visage.

« Vous avez raison. Que peut-on faire ? Mais c'est dur de voir tout cela. Mon ami Barbier disait la vérité. Moi, j'avais beaucoup d'illusions... Je suis en train de les perdre. »

Il essuya son visage d'un mouchoir, essaya de sourire et reprit :

« Vous avez la gentillesse de me rendre visite, et je ne vous ai même pas offert un rafraîchissement. Pardonnez-moi encore. Que prenez-vous ?

— Je ne veux rien. Sauf vous parler un instant... »

Il la regarda, brusquement surpris de la gravité de son attitude.

« Parlez, Nora. »

Maintenant, elle hésitait. Ses lèvres remuèrent, sans qu'on puisse entendre un son s'en échapper. Elle tenait un journal à la main qu'elle tendit au jeune homme.

« J'ai longtemps hésité, dit-elle à voix basse. Mais à quoi bon reculer encore ? Il faut que vous sachiez. »

Étonné, il prit la feuille. C'était un vieux *Gil Blas* qui venait de France. Un journal spécialisé dans les rubriques mondaines : réceptions, mariages, duels, fêtes de charité...

Il lut, et son visage blêmit :

« Une brillante assemblée se pressait hier dans les salons d'un restaurant du bois de Boulogne, où l'on célébrait les fiançailles d'Agnès de Lachesnay avec le jeune lieutenant Christian de Méricourt... »

« Maxime », appela doucement Nora.

Il leva les yeux, la tête bourdonnante. Elle lui sourit, d'un sourire empreint à la fois de tendresse et de crainte.

« Je suis là... », murmura la jeune fille.

Il comprit ce que signifiait cette phrase. Les sentiments de Nora lui étaient connus. Souvent il les avait sentis dans son regard, dans quelques mots échappés, dans de simples gestes.

Il reprit le journal. Les lettres se brouillaient devant lui. Il commençait à comprendre seulement. Et il avait très mal. Les fiançailles d'Agnès de Lachesnay avec Christian de Méricourt...

Elle, elle pensait :

« Maxime, regarde-moi. Ne souffre plus. Je suis là. Si tu le veux, je serai pour toi la meilleure des femmes, Maxime. Emmène-moi à Paris. J'ai tant envie de le connaître. Je t'aiderai dans ton travail. Je te soutiendrai. Je serai à tes côtés sans cesse. Emmène-moi. Je ne veux plus de cette vie d'ici, de ce trop-plein de chaleur et de lumière. Partons ensemble. Tu n'auras pas à le regretter. »

Le jeune homme durcissait ses poings et ses mâchoires. Il décida brusquement :

« Nous allons nous quitter, Nora. Je rentre en France. Savez-vous quand part le prochain bateau ? »

Elle fit machinalement un geste de la tête. Sa bouche tremblait. Elle sentit des larmes sur son visage. Elle aussi avait mal tout à coup, aussi mal que Maxime. On se raconte quelquefois des histoires, tellement fort, tellement souvent, qu'on finit par y croire soi-même, jusqu'au moment où la réalité se découvre, brutale.

« Je vais me renseigner », dit-elle.

Chapitre 13

L'incendie du Bazar

Rue Jean-Goujon, à Paris, se trouvait un terrain vague, surplombé de trois côtés par des façades d'immeubles. Au centre se dressait un vaste baraquement construit en bois de sapin.

Son propriétaire, en ce début d'année 1897, l'avait gracieusement prêté à des sociétés de charité, pour y organiser une vente publique au bénéfice de leurs œuvres. En effet, dans la « bonne société », les dames avaient chacune leurs pauvres. Elles s'en occupaient avec dévouement durant tout le temps qui leur restait disponible après leurs réceptions, goûters, bals, séances d'équitation et amusements divers. Les ventes de charité permettaient des rencontres faciles, y compris avec des gens que l'on ne pouvait recevoir chez soi. Et aussi elles permettaient des exhibitions de toilettes. Comme les femmes de chambre s'occupaient de tout le travail matériel, on en organisait souvent.

La plus célèbre, la plus courue, était la vente du Bazar de la Charité, celle qui justement devait se tenir rue Jean-Goujon... Le Tout-Paris allait y participer.

Maxime arriva dans la capitale le 4 mai, en fin de matinée. Il déposa ses bagages à son domicile et se rendit ensuite directement à l'hôtel de Lachesnay.

Il n'y trouva personne.

« Mlle Agnès est rue Jean-Goujon », le renseigna un domestique.

Il prit un fiacre et s'y fit conduire. Il voulait parler à la jeune fille le plus tôt possible. Lui avouer son amour et avoir le cœur net sur ses sentiments. L'impatience, la crainte et l'espoir l'agitaient tour à tour.

La rue Jean-Goujon était encombrée de voitures, de calèches, de landaus. Les cochers discutaient entre eux. Des maris attendaient leurs femmes en lisant un journal, le haut-de-forme sur la tête. Deux sergents de ville, placides, regardaient les mouches voler.

Maxime entra dans le baraquement de bois tout bruissant d'animation. Le décor intérieur en était magnifiquement agencé. Il représentait des rues de Paris au Moyen Âge, avec, au fond, une toile peinte imitant à s'y méprendre la façade de pierre d'une église. Les échoppes s'ouvraient autour, surmontées de balcons fleuris, ornées d'enseignes aux noms d'époque, de bannières, de draperies diverses. Un immense vélum, en toile couleur de ciel, cachait les bois du plafond.

Il faisait là une chaleur qui rappela un instant Madagascar au journaliste. Douze cents invités se pressaient autour des boutiques. Des femmes pour la plupart. Mais aussi trois à quatre cents jeunes hommes désœuvrés, élégants, la canne à la main, le sourire aux lèvres et la boutonnière fleurie.

Maxime essaya de se renseigner.

« Où puis-je trouver Mlle de Lachesnay ?

— Mlle de Lachesnay ? Ah oui ! Voyez donc au fond, à gauche, près de la petite salle du cinématographe. »

Maxime s'y dirigea, fendant la foule, son chapeau à la main.

Bientôt il s'arrêta, la gorge nouée, le visage pâli. Agnès était à quelques pas et souriait à une grosse dame fardée qui devait lui demander quelque chose. Près d'elle se tenait Christian de Méricourt, en costume civil. Il semblait s'ennuyer un peu.

Agnès n'avait pas changé. Peut-être seulement son visage était-il plus blanc et plus allongé. Ses yeux aussi se creusaient davantage.

« Il est seize heures dix », dit une voix près de Maxime.

Ce dernier eut une ultime hésitation avant de se décider. Il allait aborder sa cousine. C'est alors qu'un cri perçant se fit entendre, dominant tous les autres bruits :

« Au feu ! »

Une longue flamme s'élança derrière Agnès, le long du mur, jaillissant de la cabine du cinématographe, s'attaquant en un instant au vélum du plafond.

D'autres cris répondirent. Une panique affreuse se déchaînait brutalement. Ce fut la ruée vers les portes.

« Agnès ! » cria Maxime.

Il s'élança, aussitôt repoussé par la marée humaine, gesticulante, hurlante, épouvantée. Des femmes tombaient à terre. Elles étaient piétinées. Les éventaires se renversaient. Des jeunes gens se frayaient un chemin dans la foule, utilisant leurs cannes pour écarter ceux ou celles qui leur barraient le chemin.

Les flammes déjà dévoraient la tenture des murs. Tout le décor : toile, bois blanc, carton-pâte, était un aliment idéal pour le feu. Celui-ci s'étendait à une vitesse vertigineuse le long des quatre-vingts mètres du baraquement.

Agnès n'avait pas bougé, comme paralysée, abasourdie. Elle haletait, les mains sur la poitrine. Chaleur et fumée devenaient intenables. Christian de Méricourt, lui aussi, avait crié son nom, tout en fuyant. Mais sans regarder si la jeune fille le suivait ou pas.

Maxime, bien qu'à contre-courant, finit pourtant par rejoindre Agnès. Il la saisit par le bras, la secoua.

« Bougez donc ! Venez ! »

Elle le reconnut. Ils s'élancèrent tous les deux. Mais aussitôt il fut impossible d'avancer plus loin : les débris du vélum enflammé s'abattaient dans la salle.

Incendie du Bazar de la Charité.

Les jeunes gens furent repoussés le long d'un mur, dont les bois aussi commençaient à brûler. Ils suffoquaient. Devant eux une religieuse priait à genoux. Soudain Maxime reconnut une fenêtre, aux trois quarts cachée par un rideau. Il frappa dans la vitre d'un grand coup de l'avant-bras. Le verre se brisa.

« Par ici ! »

La robe d'Agnès commençait à flamber. Il étouffa les flammes et jeta presque la jeune fille hors de la salle. Avant de sortir à son tour, il cria encore :

« Par ici ! »

Deux femmes virent la fenêtre et se précipitèrent. D'autres suivirent...

Tout cela s'était passé en deux ou trois minutes à peine. Dans la salle on criait toujours. Des cris affreux.

Sur l'herbe du terrain vague, les gens couraient comme s'ils étaient ivres. Ils tombaient, se relevaient pour courir plus loin, jusqu'aux murailles extérieures.

Maxime tourna la tête, en sentant tout à coup Agnès s'alourdir sur son bras. Il la retint, se pencha vers elle. Il l'entendit murmurer tout en perdant connaissance :

« Christian... »

« C'est horrible, fit Jeanne Barbier.

— Horrible », répéta François.

Maxime se pencha sur le journal qu'il parcourait avec fièvre. Il n'avait pas dormi de la nuit, allongé sur un divan, dans le petit logement de ses amis, rue Clignancourt.

La presse annonçait, avec de grands titres, cent vingt morts dans l'incendie du Bazar de la Charité. Toutes les victimes étaient des femmes. À l'exception de trois vieillards, d'un médecin retourné volontairement dans le brasier, et d'un groom de dix ans. Les centaines de jeunes gens de la « bonne société » s'étaient tous tirés d'affaire, se frayant un chemin, bousculant, frappant sans pitié pour sortir plus vite. Une dizaine d'entre eux seulement avaient tenté de faire œuvre de sauvetage.

« Leur beau vernis a fondu aux premières flammes », murmura Jeanne avec mépris.

Maxime posa la main sur son front moite.

« Iras-tu rendre visite à ta cousine aujourd'hui ? demanda François.

— Non. Elle n'a pas besoin de moi. »

Avant de s'évanouir, Agnès avait prononcé le nom de Christian. Pas le sien.

Il savait maintenant à quoi s'en tenir.

Chapitre 14

Lueurs

Cette fois-ci, le directeur de *La Nouvelle France* resta enfoncé dans son fauteuil, l'air sévère, le regard froid. Il n'invita pas non plus Maxime à s'asseoir.

Ce fut une entrevue brève et sans fioritures inutiles. Le directeur attaqua tout de suite :

« J'appellerai votre façon d'agir, monsieur, un acte grave d'indiscipline. Grave et inadmissible. Revenir de Madagascar sans prévenir équivaut à un abandon de poste. La coupe est pleine, monsieur. Je vous rends votre liberté. Permettez-moi d'ajouter encore que c'est par égard pour M. de Lachesnay que j'ai supporté sans rien dire vos dépêches au contenu très orienté et fort discutable... Que je devais faire sérieusement remanier, avant de les publier... »

Maxime l'interrompit, la voix sèche lui aussi :

« Cela tombe bien, dit-il. Je comptais justement vous remettre moi-même ma démission. J'admets que mon départ de Madagascar soit une faute professionnelle. J'étais prêt à m'en expliquer honnêtement avec vous. Mais, ce que je trouve inadmissible, moi, c'est que vous ayez dénaturé systématiquement mes dépêches. Que vous ayez transformé ou tu, tout ce que j'ai vu et ressenti de douloureux là-bas. Que vous ayez manifesté comme venant de moi, une approbation béate de faits inadmissibles... Je ne suis pas un scribe accroupi, monsieur, pour reprendre votre expression... J'ai des yeux, un cœur, une conscience... »

Le directeur roulait des yeux furieux, trop indigné pour répondre. Maxime claqua la porte.

Des semaines passèrent. Après nombre de démarches infructueuses, le jeune journaliste finit par retrouver du travail. Dans une feuille libérale, mais peu vendue : *L'Écho du Jour,* où Barbier avait des amis. Les gens y étaient sympathiques, larges d'idées, et partageant sur Madagascar l'opinion de Maxime.

Un sentiment de tristesse pesait pourtant sur la vie du jeune homme. Le souvenir d'Agnès. Son amour pour Agnès toujours vivant.

Il ne l'avait pas revue après l'incendie du Bazar. Elle avait, paraît-il, rompu ses fiançailles avec Christian de Méricourt, et se trouvait à la campagne. Maxime souffrait en silence et attendait.

Nora lui écrivait régulièrement des lettres nostalgiques. Il répondait à chacune d'elles, essayant d'être gai et de la distraire. Ce n'était pas facile. À Madagascar, la pacification se faisait, petit à petit. Le général Gallieni savait être ferme, mais aussi manœuvrer et inspirer confiance. Les intérêts français s'y développaient tous les jours.

Chacune des lettres de Nora procurait au journaliste un sentiment de réconfort. Il tenait beaucoup à l'amitié de la jeune fille et il aimait se souvenir des heures passées auprès d'elle.

Très souvent, Maxime se rendait chez Jeanne et François Barbier. Il y restait de longues soirées à bavarder à cœur ouvert, en fumant. Cela aussi lui faisait du bien.

L'été passa. Puis vint l'automne. Agnès revint à Paris.

Quand il apprit la nouvelle, Maxime passa une nuit de douloureuse réflexion. Il se décida à envoyer à sa cousine une lettre, qui demeura sans réponse.

C'est à la fin de la première quinzaine du mois de novembre 1897 que l'affaire Dreyfus rebondit en public une nouvelle fois.

Maxime, ce jour-là, était à son journal. Il rédigeait un article sur la mission Marchand, partie du Congo et qui se proposait d'atteindre le Nil. Le rédacteur en chef apparut tout à coup, un grand maigre, à la fine moustache, le visage bouillant d'excitation. Il annonça à la cantonade :

« Messieurs, Scheurer-Kestner, vice-président du

Sénat, vient de déclarer que Dreyfus n'est pas coupable. Il entame une campagne pour sa réhabilitation. Voilà du travail en perspective. »

Un brouhaha jaillit aussitôt dans la salle. Des commentaires passionnés.

Maxime se sentit ému, sans trop savoir pourquoi. Il pensa tout à coup, une fois encore, à ce matin d'hiver dans la cour de l'École militaire, quand Dreyfus criait son innocence... Sept juges unanimes, soit. Seulement, son expérience de Madagascar lui enseignait maintenant que rien n'était si clair, si juste, qu'on le croyait de prime abord.

Que s'était-il passé, pour qu'on parle à nouveau du capitaine ?

Un an auparavant, le colonel Picquart avait été écarté de la direction du service de renseignements. Il ne tarda guère à se rendre compte qu'on voulait se débarrasser de lui. On l'avait envoyé en Algérie, puis en Tunisie, dans des zones périlleuses, infestées de pirates et de révoltés, à la merci d'une balle perdue. Ou plutôt d'une balle bien dirigée.

Il écrivit donc une lettre, faisant le récit de ce qu'il savait sur l'affaire Dreyfus, et la remit à un ami parisien : l'avocat Leblois, à qui il raconta tout. Si jamais il était tué, Leblois devait remettre le pli au président de la République.

Cela se passa au cours d'une brève permission. Puis Picquart retourna en Afrique du Nord.

Bouleversé par ces déclarations, l'avocat Leblois pensa qu'il n'avait pas le droit de se taire. Il résolut de se confier à un homme intègre, influent, et qui saurait s'employer à faire éclater la vérité au grand jour.

Il choisit Scheurer-Kestner, un vieux républicain, alsacien, protestant, oncle de Jules Ferry et ami de Gambetta, occupant une haute fonction au Sénat.

Scheurer-Kestner, tout en croyant, comme chacun, à la culpabilité du capitaine, avait conservé de son procès une impression de malaise. Il ne pouvait supporter par exemple les attaques racistes menées par des hommes comme celui qu'il appelait : « l'horrible Drumont ». Il fut, lui aussi, bouleversé par les révélations de l'avocat, et résolut d'agir sans attendre.

Début octobre 1897, il demanda un rendez-vous au président de la République. Visite sans résultat, car le sénateur ne put fournir aucune preuve de ce qu'il avançait. Il ne pouvait même pas parler ouvertement de Leblois et du « testament » de Picquart. Félix Faure l'éconduisit avec des paroles apaisantes.

Nullement découragé, Scheurer-Kestner entreprit de convaincre ses amis : Billot, ministre de la Guerre, Hanotaux, ministre des Affaires étrangères, et Méline, président du Conseil...

L'État-Major fut vite mis au courant de cette activité, dangereuse pour lui. Il fallait contre-attaquer sans tarder.

Le général de Boisdeffre commença par ordonner par lettre au commandement militaire tunisien de n'accorder sous aucun prétexte un nouveau congé au colonel Picquart.

Dès la mi-octobre, son adjoint, le général Gonse, convoqua Henry, le capitaine Lauth et du Paty de Clam.

« Messieurs, c'est grave, déclara-t-il. Les juifs ont monté un complot pour substituer Esterhazy à Dreyfus. Nous ne pouvons laisser faire une chose pareille. Réagissons. »

Ils réagirent : le général Gonse fit venir l'officier qui avait escorté Dreyfus lors de sa dégradation. Il lui demanda de signer un papier selon lequel le capitaine aurait fait à ce moment-là des demi-aveux. L'officier obéit. Cela faisait une « preuve » de plus.

Les services secrets ont l'habitude d'utiliser n'importe quels moyens pour parvenir à leurs fins. C'est ainsi que le commandant Henry entreprit de confectionner un faux document « ultra secret » : une lettre de Dreyfus à l'empereur d'Allemagne, lettre prétendument annotée de la propre main de Guillaume, trouvant trop chères les informations du capitaine.

Henry était d'ailleurs un spécialiste de ces faux documents. Il forgea une autre « preuve » de la « culpabilité » de Dreyfus : une lettre de l'attaché militaire italien à son collègue allemand, demandant à Schwartzkoppen de nier toutes ses relations avec le capitaine. Ce faux, appelé « faux Alexandrine », fut rédigé à l'aide de deux brouillons de vraies lettres et de mots rajoutés au milieu. Pour ce travail, Henry se fit aider par un expert, un faussaire du nom de Lemercier-Picart.

Quant à du Paty de Clam, il fut chargé de convoquer mystérieusement le commandant Esterhazy au parc Montsouris pour s'entendre avec lui sur ses moyens de défense. Car le nom d'Esterhazy n'allait sûrement pas tarder à être connu du grand public...

Le commandant Esterhazy ne se doutait pas encore du danger qui planait sur sa tête.

Homme sans foi ni loi, bien qu'ayant sans cesse le mot « honneur » à la bouche, il vivait dans l'inconscience avec sa maîtresse, la femme Pays, en attendant de se faire une place au ministère de la Guerre, grâce à ses relations.

En juillet 1894, il s'était rendu un après-midi à l'ambassade d'Allemagne, se faisant annoncer comme venant pour une affaire de passeport. Le major de Schwartzkoppen le reçut. Il lui fit des offres de service, prétextant une femme malade, une famille acculée au désespoir. Il dit avoir des besoins d'argent impérieux. C'est cela qui le forçait à trahir, quoi qu'il lui en coûtât.

Au début, le major fut réticent, mais bientôt les deux hommes s'entendirent. Esterhazy savait se procurer des renseignements de valeur. Le 1er septembre 1894, il apporta lui-même à l'attaché allemand les pièces dont il était question dans le « bordereau » : description du canon de 120, liste des troupes de couverture, etc. Cependant, aucun bordereau n'accompagnait ces documents.

Il revint ensuite à l'ambassade. Tous les quinze jours environ. Le major le payait grassement. Mais, bientôt, les renseignements qu'il fournissait aux Allemands devinrent brusquement beaucoup moins intéressants. En mars 1896, Schwartzkoppen décida de rompre avec lui, c'était peu de temps après lui avoir écrit (mais non envoyé) ce fameux télégramme, ramassé par Maria Bastian et remis aux services français...

Quand Esterhazy reçut le message de du Paty de Clam, son premier réflexe fut d'aller se réfugier à l'ambassade d'Allemagne. Il joua une grande scène au major de Schwartzkoppen, le suppliant de faire quelque chose pour le sauver, le menaçant ensuite d'un pistolet. L'attaché militaire le mit à la porte. D'ailleurs, lui-même s'apprêtait à repartir définitivement pour son pays. Il ne voulait plus se mêler de rien.

Finalement, Esterhazy se rendit au rendez-vous de du Paty au parc Montsouris. Ce dernier portait une fausse barbe de théâtre et des lunettes bleues. Il rassura le commandant, lui promit que l'État-Major le soutiendrait, lui conseilla d'aller trouver le ministre de la Guerre, lui indiqua la fable qu'il fallait lui raconter.

« Nos intérêts sont liés, comprenez-le. »

Esterhazy, rassuré, demanda donc une audience à Billot. Il fut reçu par un membre du cabinet du ministre, le général Millet, à qui il raconta une histoire assez invraisemblable :

« J'ai reçu une missive, signée "Espéranza". Une femme que je ne connais pas m'informe d'un complot du colonel Picquart contre moi. Ce dernier va faire annoncer que c'est moi qui ai écrit le "bordereau" de l'affaire Dreyfus. Et on s'apercevra en effet que les écritures concordent. Car Dreyfus s'est jadis procuré des spécimens de mon écriture, et il l'a imitée... »

Le général Millet ne comprit rien à ce discours. Il demanda à Esterhazy d'écrire au ministre.

C'est ce que fit le commandant. La lettre lui fut dictée par du Paty lors d'une seconde rencontre.

Sa correspondance ne s'arrêta pas là. Esterhazy resta en liaison constante avec le service de renseignements qui lui fit envoyer d'autres courriers, au ministre et aussi au président de la République.

À ce dernier, Esterhazy écrivit qu'une femme voilée (la fameuse « Espéranza ») lui avait remis un document secret que Picquart avait volé au ministre de la Guerre. (Il s'agissait de la fabrication du commandant Henry : le message de Dreyfus, annoté par l'empereur d'Allemagne.)

« La preuve de mon innocence sera établie, disait le commandant, mais la France sera obligée de s'humilier ou de faire la guerre, parce que ses agents ont volé ce document à l'ambassade d'Allemagne... »

Ce qui signifiait : ne touchez pas ou bien gare...

L'État-Major s'employa à empêcher toute poursuite contre Esterhazy pourtant coupable de chantage, et soi-disant possesseur de documents secrets. Il ne fallait surtout rien faire qui ébruitât l'affaire Esterhazy.

« Esterhazy, dit d'ailleurs le général Gonse au ministre, est un personnage douteux au point de vue moral, mais au point de vue national, il ne saurait être suspecté. »

L'honneur de l'armée passait avant tout. Le ministre de la Guerre assura à son tour au sénateur Scheurer-Kestner que Dreyfus était coupable. Le 9 novembre, Félix Faure annonça au Conseil des ministres :

« Dreyfus a été régulièrement et justement condamné. »

Pourtant, lui aussi, connaissait l'existence du dossier secret remis aux juges.

Le vice-président du Sénat ne capitula pas, en dépit de toutes les « preuves » que ses amis lui avaient montrées, certains de bonne foi d'ailleurs. Il décida de mener une campagne publique pour la révision du procès.

Un petit fait d'ailleurs allait précipiter les événements. Un hasard. Le 6 novembre, en attendant l'autobus sur les grands boulevards, un banquier dénommé Castro avait vu dans un kiosque à journaux une brochure reproduisant la photocopie du « bordereau », vendue comme on sait par un expert au journal *Le Matin*.

Stupéfait, il reconnut aussitôt l'écriture d'un de ses

clients : le commandant Esterhazy. Il s'empressa de prévenir Mathieu Dreyfus.

Le prétexte était trouvé. Mathieu Dreyfus envoya une lettre ouverte au ministre de la Guerre, dénonçant le vrai traître et réclamant justice pour son frère.

Cela fit à nouveau les grands titres de la presse. Le nom d'Esterhazy devint célèbre en un jour.

Chapitre 15

Agnès

Agnès avait d'abord eu très peur. Une peur qu'elle n'arrivait pas à dominer et qui la réveillait la nuit, haletante, la sueur au front. Elle revoyait sans cesse les flammes dévorant les murs fragiles du Bazar, elle entendait les cris de terreur...

Le médecin conseilla le calme et le grand air. Mme de Lachesnay accompagna sa fille dans une maison qu'ils avaient en Normandie.

Au long des jours, Agnès peu à peu s'apaisa, s'enfermant dans le mutisme et la mélancolie. De longues heures durant, elle parcourait la campagne à cheval, et ensuite lisait tard le soir. Des romans tristes, où il était question d'amours contrariées, de liaisons rompues, de vies brisées.

Elle n'avait pas voulu revoir Christian de Méricourt. Pourtant celui-ci était revenu à plusieurs reprises à l'hôtel de Lachesnay, cherchant à se justifier et à expliquer sa fuite :

« J'ai appelé Agnès dès le début de l'incendie. J'ai cru qu'elle me suivait. M'apercevant de son absence, je suis retourné dans les flammes la chercher... Je vous le jure ! »

Qu'il dît vrai ou non, la jeune fille ne le croyait pas, profondément déçue par son attitude. Quelque chose semblait s'être brisé en elle, et avait altéré ses sentiments à l'égard du jeune officier.

Malgré leur désappointement, les parents durent céder et annoncer la rupture des fiançailles. Cela ne se fit pas sans commentaires médisants dans leur entourage.

En guise de consolation, le banquier se dit que Christian, après tout, n'était qu'un militaire. Et que les militaires, malgré leur prestige toujours éclatant, commençaient à devenir un peu encombrants. Certains clients, et non des moindres, chuchotaient que l'affaire Dreyfus cachait quelque chose de pas très propre du côté de certains membres de l'État-Major. On restait prudent, mais tout de même...

Personne ne parlait de Maxime. Mal à l'aise, le banquier aurait donné cher pour que ce fût un autre qui eût sorti sa fille du Bazar en flammes. Quand sa femme lui fit la timide suggestion de remercier leur cousin, il répliqua que ce dernier n'était même pas venu à l'hôtel demander des nouvelles d'Agnès. Il ajouta que s'il apprenait un jour que Maxime avait des ennuis d'argent, il ne manquerait pas de l'aider. D'ailleurs n'était-ce pas lui qui, dans le passé, avait réglé les affaires de sa famille, et trouvé au jeune homme une place de journaliste ?

Quant à Agnès, elle ne disait rien, trop occupée par ses propres désillusions pour songer à quelqu'un d'autre. Pourtant, elle s'étonna une ou deux fois de l'absence de Maxime, sans se douter d'ailleurs des raisons de cette absence.

Cette lettre du jeune homme, que son amie, Sophie, lui apporta un jour, fut donc pour elle une immense surprise.

Maxime lui disait simplement la vérité sur ses sentiments. Il expliquait d'ailleurs pourquoi il était revenu de Madagascar en apprenant ses fiançailles... Il avait fait un rêve depuis longtemps. Il se rendait compte de la vanité de ce rêve. Mais il ne pouvait s'empêcher d'espérer. De toute façon qu'elle soit heureuse, c'est tout ce qu'il souhaitait, bien respectueusement...

Agnès resta longtemps pensive après avoir lu et relu cette lettre. Elle était surtout étonnée... À la première occasion, elle demanda à son amie Sophie de s'inquiéter un peu de ce que devenait son cousin qui lui rappelait des souvenirs d'enfance auxquels elle tenait.

Elle apprit ainsi qu'il avait changé de journal, qu'il vivait seul rue de Clignancourt, près de ses amis Barbier. Elle sut aussi qu'il était devenu farouchement révisionniste.

Cette dernière chose la choqua. Elle ne s'occupait pas de politique. Mais Dreyfus lui faisait horreur.

« Que dois-je faire ? Tous les journaux ont publié la lettre de Mathieu Dreyfus. »

Du Paty de Clam regarda fixement le commandant Esterhazy, dont les moustaches ébouriffées tremblaient de fureur. Ils s'étaient rencontrés, cette fois-ci, devant le cimetière Montparnasse.

« Il vous faut jouer à la vertu offensée, monsieur. Écrivez une nouvelle fois au ministre. Demandez l'ouverture d'une enquête.

— Une enquête ?

— La meilleure défense, maintenant, c'est l'attaque. Soyez tranquille. Nous sommes là. Vous savez très bien qu'on ne peut plus vous laisser tomber. »

Ils se regardèrent. Le commandant se mit à rire, soulagé.

On vit alors Esterhazy dans la salle de rédaction des principaux journaux parisiens. Il offrait à boire, tapait dans le dos des gens, parlait haut et fort :

« On me calomnie. Moi, un officier français ! J'ai demandé une enquête. Ça ne se passera pas comme ça ! Je sais des choses. »

Il en savait sans doute, mais en inventait surtout. Des histoires de services secrets. Et les journaux reproduisaient ses racontars, expliquant, par exemple, comment des agents français, déguisés en pompiers, s'étaient procuré le « bordereau » chez les Allemands tandis que l'incendie faisait rage à l'ambassade.

Il racontait que Picquart et Scheurer-Kestner s'étaient vendus aux juifs pour le perdre et que son écriture avait été jadis calquée par Dreyfus en prévision de la trahison.

Le public mordait à ces fariboles. Esterhazy passait pour un personnage haut en couleur, somme toute sympathique. Et innocent bien entendu.

Maxime le rencontra une fois à *L'Écho du Jour.* Il trouva l'homme, lui, déplaisant au possible, avec sa tête d'oiseau de proie et ses éclats de rire cruels.

La « grande presse » attaqua Scheurer-Kestner avec force, l'accusant d'être lui-même un Allemand. Ou alors un fou. Peut-être les deux ensemble.

Mais bien des gens commençaient à se sentir troublés. Georges Clemenceau, homme politique déjà important, écrivait dans le journal *L'Aurore* : « S'il y a des présomptions notables d'erreur, le procès Dreyfus doit être révisé. »

Le 25 novembre, *Le Figaro* publia un article signé d'Émile Zola : « La vérité est en marche et rien ne l'arrêtera... »

Le 28 novembre, *Le Figaro,* encore, fit paraître une série de lettres d'Esterhazy, adressées à une amie :

« Je ne ferais pas de mal à un petit chien, mais je ferais tuer cent mille Français avec plaisir. »

« Du point de vue national, avait dit le général Gonse, Esterhazy ne saurait être suspect... »

Cependant on ne touchait toujours pas au commandant. Le ministre menait bien une enquête dirigée par le général de Pellieux. Mais le service de renseignements s'arrangeait pour orienter le travail des officiers instructeurs.

Le 30 novembre, d'ailleurs, *L'Aurore* en arriva à demander publiquement : « Qui protège Esterhazy ? »

Le 1er décembre, *Le Figaro* interrogeait à son tour : « Qui tremble devant Esterhazy ? »

La campagne de la grande presse redoublait de violence contre le « complot des juifs ». L'opinion publique la suivait, une fois encore, ne pouvant résister à l'avalanche de preuves déversées à nouveau jour après jour. *Le Figaro* dut arrêter sa campagne en faveur d'une révision du procès (le 19 décembre), car il perdait lecteurs et abonnés.

Scheurer-Kestner était abandonné par ses amis ministres. Les sénateurs ne le réélurent pas vice-président du Sénat...

L'affaire Dreyfus commençait à fatiguer. Heureusement, le 27 décembre, eut lieu la première de *Cyrano de Bergerac* au théâtre de la Porte-Saint-Martin. Ce fut un triomphe.

Debout, dans sa loge, Agnès de Lachesnay applaudit le grand acteur Coquelin de longues minutes durant, le cœur remué par les amours du Cadet de Gascogne.

Pour mieux blanchir officiellement Esterhazy, l'État-Major le fit passer devant un conseil de guerre.

Le 10 janvier 1898, le commandant fut acquitté. Le conseil de guerre déclara : « Esterhazy n'a pas écrit le bordereau. »

Par avance, du Paty de Clam avait d'ailleurs rassuré une nouvelle fois le commandant. En lui envoyant un petit mot bien révélateur des moyens utilisés pour obtenir son acquittement : « Soyez tranquille. Nous avons le nom des jurés. Ils seront vus. »

À la sortie du tribunal, une foule de nationalistes acclama Esterhazy rayonnant. On criait dans les rues tout en cassant des vitrines de magasins juifs :

« Vive l'armée ! »

Le 11 janvier 1898, le colonel Picquart était arrêté sous l'accusation d'avoir livré des documents secrets à son ami Leblois. Car le service de renseignements finit par connaître la source des informations de Scheurer-Kestner.

Mais tout le monde ne se sentait pas convaincu par les résultats du petit procès d'Esterhazy. Le 13 janvier 1898, Émile Zola écrivait son sixième article consacré à l'affaire Dreyfus. Un article qui tenait toute la première page de *L'Aurore,* et auquel Georges Clemenceau trouva un titre vengeur : *J'accuse !*

[illegible] le grand acteur [illegible] de longues minutes [illegible] par les [illegible] de Gascogne.

Pour maître Blanchet [illegible] l'extraordinaire [illegible] de graves [illegible] le 10 février 1893, le [illegible] conseil [illegible] concurrents.

L'an passé, du [illegible] une nouvelle [illegible] petit mot [illegible] des [illegible] contenu [illegible]. Nous avons [illegible] des [illegible] ils ont vu.

À la [illegible] que [illegible] nationales [illegible] dans les [illegible] ou [illegible].

Vive [illegible]

Le 11 janvier 1899, le [illegible] sous [illegible] d'avoir [illegible] font [illegible] de la [illegible].

Mais [illegible] les [illegible]. Le 11 janvier 1898 [illegible] la [illegible].

Chapitre 16

J'accuse

J'accuse ! lettre au président de la République :

« ... Un conseil de guerre vient, par ordre, d'oser acquitter un Esterhazy... Puisqu'il a osé, j'oserai moi aussi. La vérité je la dirai, car j'ai promis de la dire... Comprenez-vous cela ! Voilà un an que le général Billot, que les généraux de Boisdeffre et Gonse savent que Dreyfus est innocent, et ils ont gardé pour eux l'effroyable chose. Et ces gens-là dorment, et ils ont des femmes et des enfants qu'ils aiment !... On nous parle de l'honneur de l'armée... Ah ! Certes, oui, l'armée qui se lèverait à la première menace, qui défendrait la terre française, elle est tout le peuple, et nous n'avons pour elle que tendresse et respect... Mais il s'agit du sabre, le maître qu'on nous donnera demain peut-être. Et baiser dévotement la poignée du sabre, non !... Je le répète : la vérité est en marche et rien ne l'arrêtera. C'est aujourd'hui seulement que l'affaire commence. J'accuse le lieutenant-colonel du Paty de Clam... J'accuse le général Mercier... J'accuse le général Billot... J'accuse le général de Boisdeffre et le général Gonse... J'accuse les experts en écriture... J'accuse les bureaux de la Guerre qui ont mené dans la presse une campagne abominable... J'accuse le premier conseil de guerre d'avoir violé le droit en condamnant un accusé sur une pièce restée secrète, j'accuse le second conseil de guerre d'avoir couvert cette illégalité, par ordre, en commettant à son tour le crime juridique d'acquitter Esterhazy sciemment... »

Deux cent mille exemplaires de *L'Aurore* vendus ou

Caricature de Zola après la publication de J'accuse.

affichés sur les murs. Le retentissement d'un coup de foudre...

Dans ses accusations, Zola se trompait sur certains points. Dans les responsabilités de chacun par exemple, donnant à du Paty de Clam plus d'importance que ce dernier n'en avait jamais eu... Mais il faisait dans son article une rétrospective cinglante, véridique et convaincante de toute l'Affaire.

L'écrivain était, en ce temps-là, au sommet de sa gloire. Il avait terminé l'ensemble des romans composant la célèbre chronique des *Rougon-Macquart* et se préparait à entrer à l'Académie française... En 1894, comme Scheurer-Kestner, il avait cru en la culpabilité de Dreyfus, mais non sans ressentir un trouble devant ce procès, un trouble grandissant au fil des années. Sa conviction maintenant bien établie en l'innocence du capitaine, il se lançait dans la bataille sans hésitation, en sachant bien tout le tort que celle-ci allait lui faire, dans la mesure où elle était menée à contre-courant des autorités, de la grande presse et de l'opinion publique.

« J'accuse ! »

On ne parlait plus que de l'article. Les passions s'exacerbaient. Un député interpella le gouvernement. Le président du Conseil proclama à nouveau Dreyfus coupable. La Chambre lui accorda la confiance à une large majorité. Jean Jaurès, malgré l'opposition de ses amis socialistes (peu soucieux d'intervenir dans une affaire de linge sale lavé entre bourgeois) prit pourtant une position courageuse en déclarant à la tribune lors du débat : « Le général Mercier n'a pas craint de faire condamner un accusé en produisant contre lui un dossier que l'accusé ignorait, sans lui permettre de se défendre. Si de telles mœurs étaient tolérées, c'en serait fait de toute liberté et de toute justice dans ce pays. »

Le gouvernement décida de poursuivre Émile Zola et le journal *L'Aurore* devant les tribunaux. Mais, en fondant uniquement sa plainte sur les lignes par lesquelles l'écrivain accusait le conseil de guerre d'avoir acquitté Esterhazy « par ordre ». Il n'était pas question de revenir sur le fond de l'Affaire.

Assis dans l'arrière-salle d'un café, près des grands boulevards, ils étaient une douzaine de journalistes en train de boire et de discuter avec de grands gestes :

« La machination apparaît clairement ! s'exclamait François Barbier. Dreyfus est innocent ! Le coupable a pour nom Esterhazy !

— Ce n'est pas vrai ! répliqua avec indignation un confrère du *Petit Journal.* Comment peut-on soutenir des choses pareilles ? Vous attaquez l'armée française !

— Le "syndicat" des juifs manœuvre ! approuva

un deuxième. Zola est à leur solde. Même pas Français, ce Zola. Un Italien !

— Messieurs, messieurs..., s'interposa un rédacteur du *Figaro.* Il est temps de comprendre que Dreyfus n'est qu'un prétexte. La bataille engagée sur son nom dépasse depuis longtemps sa modeste personne. En vérité, il s'agit d'un problème politique...

— Bravo !

— Un problème qui risque de nous mener loin, si nous n'y prenons garde. Un problème qui met en cause les structures mêmes de notre société.

— Je ne sais pas, interrompit Maxime d'une voix véhémente. Mais moi, je songe à Dreyfus. À lui d'abord. À l'erreur judiciaire que constitue sa condamnation... Souvenez-vous : il est condamné depuis trois ans. Souvenez-vous : depuis ce temps-là il n'a vu ni sa femme ni ses enfants. Souvenez-vous : depuis plus de sept cents jours, il est enfermé dans une case, sans avoir l'autorisation d'en sortir, même une heure... Une case divisée en deux par une grille de fer, suintante d'humidité. Le capitaine n'a d'autre horizon que la muraille en bois qui cache sa fenêtre, et le visage de ses surveillants qui se relaient et l'épient jour et nuit sans arrêt...

— Notre confrère a pourtant raison, dit Barbier. L'affaire Dreyfus se politise. Et je trouve, quant à moi, symbolique de voir les forces républicaines se rallier peu à peu autour de l'innocent, tandis que les réactionnaires de tous poils persistent à l'accuser.

— Dreyfus est un traître ! Je n'en démordrai pas. Tant de juges n'ont pu tous se tromper à la fois !

— Il est maintenant établi, répliqua Maxime, que des pièces secrètes leur ont été présentées. C'est illégal. Cela, au moins, vous ne pouvez le nier. Il faut réviser le procès !

— Jamais ! Ce qui est jugé est jugé ! »

Maxime tira un papier de sa poche :

« Ces derniers événements sont plus que troublants. Messieurs, je vous invite à signer une pétition pour la révision du procès. Votre nom sera en bonne compagnie, celle d'Anatole France, du peintre Claude Monet, d'Aristide Briand, d'Octave Mirbeau, de Marcel Proust, de Léon Blum...

— Je ne signerai pas !

— Les intellectuels insultent l'armée !

— Les intellectuels feraient mieux de s'occuper de leurs affaires d'intellectuels. Ils vivent dans les nuages. Qu'ils y restent.

— Ceux-là viennent d'en descendre, messieurs, si jamais ils y furent. Quand un innocent est condamné, chacun doit sentir la boue qui tache son visage. Les intellectuels, comme les autres...

— Maxime, mon ami, en faisant signer cette pétition, vous faites le jeu des juifs. »

Le journaliste du *Petit Journal* sauta de sa chaise en ricanant :

« Dumas ne fait pas le jeu des juifs ! Il en est un luimême !

— Vous n'avez pas le droit !

— C'est honteux !

— Messieurs ! » s'exclama encore le rédacteur du *Figaro,* levant les bras au ciel.

Mais personne ne l'écoutait plus. Tous parlaient en même temps maintenant, se jetant à la figure injures et arguments. Les poings s'abattaient sur les tables et les verres se renversaient...

Au comptoir de la salle, le patron du café prêtait l'oreille, haussait les épaules et disait à un client en blouse rapiécée :

« Ceux-là, tiens, je vous parie qu'ils parlent de Dreyfus. »

L'autre but une gorgée de vin et répondit :

« Ça ne fait que commencer. Moi, ça ne m'intéresse pas. Des affaires de bourgeois. Est-ce qu'ils sont seulement venus, eux, dans nos faubourgs ? Est-ce qu'ils connaissent la misère des ouvriers, eux ? Les taudis ? La tuberculose ? Le temps qu'on passe au travail ? Et ce que l'on gagne ? Non... Chacun pour soi ! »

Chapitre 17

Le procès de Zola

Il pleuvait un peu ce matin-là. Autour du Palais de justice, les gardes républicains empêchaient la formation de groupes trop importants de manifestants. Ils n'y mettaient que peu de zèle. Et cela n'empêchait pas les cris de jaillir. Et aussi des chansons. Un air surtout, particulièrement à la mode, repris en chœur :

Le Zola, c'est un gros cochon.
Plus il devient vieux, plus il devient bête,
Le Zola c'est un gros cochon.
Quand on l'attrap'ra, nous le flamberons.

Maxime eut une moue méprisante lorsqu'il passa,

suivant son ami François Barbier qui se frayait un chemin jusqu'à la salle d'audience.

Les deux journalistes réussirent à se faufiler. Et même à trouver des places assises. Les dernières sans doute. La salle était archicomble. Sur les bancs serrés se pressait tout ce que Paris comptait de célébrités, artistes, députés, femmes du monde en toilettes chatoyantes.

Maxime et François ôtèrent leurs chapeaux et saluèrent quelques confrères.

« Que s'est-il passé hier ? demanda alors Barbier. J'ai eu trop de travail pour participer à la première séance.

— Il ne s'est rien passé, répondit Maxime. Le président Delegorgue a simplement tout fait pour que le procès ne sorte pas du cadre fixé par le gouvernement. C'est-à-dire celui d'un simple procès en diffamation. Dès que quelqu'un veut élargir le débat, et parler de Dreyfus, le président l'arrête en déclarant : "La question ne sera pas posée"... »

François haussa les épaules. Tout à coup, la salle bondée devint houleuse. Un murmure enfla :

« Voilà Zola. »

L'écrivain passa rapidement le long du public, le dos courbé, les binocles embués sur ses yeux de myope, l'air nerveux et maladroit. Il s'assit, les jambes croisées, la tête fixée au sol, ses maigres cheveux rabattus sur son vaste front.

« Et voilà Esterhazy. »

Le général de Boisdeffre.

Le grand commandant alla vers son siège sans regarder personne, la bouche tordue par une sorte de rictus, les joues fiévreuses. Nerveux, lui aussi. Des applaudissements éclatèrent à son intention.

« Il paraît que les officiers ont reçu l'ordre de ne pas lui adresser la parole. »

Des officiers, il y en avait des dizaines, en groupes agités, certains même perchés sur les fenêtres. Georges Clemenceau, directeur de *L'Aurore,* entra à son tour, suivi de deux avocats en robe, son frère Albert, et maître Labori, l'avocat de Zola.

« La Cour, messieurs ! »

Ce fut le silence.

Et la deuxième séance du procès s'ouvrit. Un procès qui devait durer près de deux semaines, riche en péripéties de toutes sortes.

Lucie Dreyfus, premier témoin, ne put ouvrir la bouche. Elle voulait parler de son mari.

« La question ne sera pas posée ! »

Le sénateur Scheurer-Kestner comptait lire à la barre des lettres échangées entre le colonel Picquart et le général Gonse, un an et demi auparavant, lorsque le colonel enquêtait sur l'affaire Dreyfus. Il en fut empêché par le président.

« Il n'est pas question ici de l'affaire Dreyfus ! »

Le général Mouton de Boisdeffre comparut à son tour. Il déclara, avec son air de grand seigneur, ne rien savoir d'Esterhazy. Mais affirma que les officiers accusés par Zola étaient des braves. Seul Picquart avait commis des fautes dans son service en confiant à un civil des documents militaires. Quant à Dreyfus, sa culpabilité ne faisait aucun doute.

Lui, le président le laissa parler de Dreyfus sans l'interrompre.

Appuyé par le capitaine Lauth, son collègue, l'archiviste Gribelin, du service de renseignements, confirma les dires du chef d'État-Major. Il raconta que le colonel Picquart avait montré devant lui des pièces secrètes du dossier Dreyfus à son ami, l'avocat Leblois, dans son propre bureau du ministère de la Guerre.

« Mensonge ! répliqua ce dernier. À l'époque dont vous parlez, j'étais en voyage. »

Gribelin s'entêta. Il se souvenait bien de la scène : cela se passait un soir, les lampes étaient allumées...

« Ah bon ! fit le président (distrait parce que l'intermède ne l'intéressait pas). Vous êtes le lampiste chargé d'allumer les lampes. C'est bien ça ? »

La salle se mit à rire. Gribelin fut renvoyé dans son coin.

Suivit l'apparition maladroite de du Paty de Clam, multipliant des saluts militaires à chacun. Lui aussi fut rapidement écarté de la barre et retourna s'asseoir, la tête rejetée en arrière, le monocle à l'œil, raide dans son uniforme barré de médailles.

Important et hautain, le général Mercier, ancien ministre de la Guerre, comparut à son tour. Pressé par les avocats, il nia s'être vanté d'avoir fait communiquer des pièces secrètes aux magistrats chargés de juger Dreyfus. Mais sur la réalité de la communication elle-même, il refusa de répondre.

Puis vint Picquart, pâle dans son uniforme bleu. Il raconta comment il avait découvert la culpabilité d'Esterhazy. Malheureusement, ses explications ne furent pas convaincantes : officier jusqu'à la mœlle des os, il ne voulut pas charger ses supérieurs, par esprit de caste. Il se contenta de faire part du sentiment qu'il avait éprouvé : on ne voulait pas le voir continuer à rechercher la vérité...

Sur des questions de détail, il s'affronta violemment

avec le commandant Henry, mal à l'aise et qui se disait malade. Le général Gonse vint le calmer. La discrétion de Picquart l'arrangeait bien. Il affirma que le colonel n'avait jamais été en disgrâce, mais chargé au contraire d'importantes missions en Afrique du Nord.

Ensuite comparurent des témoins de moralité. Et non des moindres. Entre autres, Anatole France, et Jean Jaurès qui répéta ce qu'il avait dit à la Chambre. Vint aussi un chimiste célèbre, professeur à l'École polytechnique, pourtant menacé de révocation s'il soutenait publiquement Zola.

Suivirent les experts en écriture, avec l'inénarrable Bertillon à leur tête. Celui-ci affirma textuellement :

« Les preuves de la culpabilité de Dreyfus sont scientifiques. Le bordereau obéit à un rythme géométrique dont l'équation se trouve dans un buvard saisi chez l'accusé. »

Pressé par les avocats, il promit d'apporter ce buvard. Mais lors de l'audience suivante, il se présenta les mains vides, déclarant qu'il ne pouvait continuer sa démonstration car il était interdit de parler de Dreyfus au procès.

La salle fit des gorges chaudes. Depuis longtemps, en dépit des efforts désespérés du président Delegorgue, c'était bien du capitaine que l'on parlait. Et presque seulement de lui.

Albert Clemenceau lut aux jurés des lettres d'Esterhazy déjà publiées dans *Le Figaro* :

« Si ce soir, on venait me dire que je serai tué comme

capitaine des uhlans en sabrant des Français, je serais parfaitement heureux... Ce stupide peuple français est bien le plus antipathique que je connaisse... »

Le commandant écouta sa prose sans réagir, bras croisés, tête baissée, bouillonnant de colère contenue. Mais il se rattrapa lors de la suspension de séance :

« S'il y a acquittement, il y aura violence, annonça-t-il publiquement. Pour ma part, je ne demande pas mieux que de pouvoir conduire mon régiment contre les juifs. »

L'accusation avait cité à comparaître plusieurs officiers supérieurs qui n'épargnèrent pas Émile Zola dans leurs dépositions. Celui-ci répliqua par un cri du cœur, peut-être maladroit compte tenu des circonstances :

« J'ai gagné par mes œuvres plus de victoires que les généraux qui m'insultent. »

Cela provoqua une nouvelle fois des « mouvements divers » dans l'assistance, et un rappel à l'ordre du président indigné.

Le procès atteignit son point dramatique culminant avec l'arrivée du général de Pellieux. C'est ce dernier qui avait été chargé de l'enquête concernant Esterhazy. Le service de renseignements réussit à le convaincre facilement de la culpabilité de Dreyfus (donc de l'innocence du commandant) à l'aide de « preuves » fabriquées, et en particulier grâce à la plus célèbre d'entre elles : le « faux Alexandrine » confectionné par Henry.

De bonne foi, le général de Pellieux ne comprenait donc rien à la façon dont se déroulait le procès. Il s'irritait de l'indécision des témoins, des artifices sans cesse employés. Il estimait facile et nécessaire de faire taire cette bande de civils qui osait se dresser contre l'État-Major et l'armée tout entière. Il apostropha d'abord les jurés en posant le problème de principe, tel qu'il le concevait :

« Vous n'avez pas le droit de déconsidérer les chefs de l'armée. Que deviendrait celle-ci au jour du danger ? Que feraient les soldats ? »

Et, comme les avocats l'interrompaient, il s'écria :

« On veut la lumière ! Allons-y ! »

Et il cita de mémoire le « faux Alexandrine », cette lettre prétendument envoyée par l'attaché militaire italien à son collègue allemand : « Ne dites jamais les relations que nous avons eues avec Dreyfus. » Ça, c'était une preuve !

Les avocats de Zola et de Clemenceau sautèrent sur l'occasion :

« Il vient de se produire à la barre un fait d'une gravité exceptionnelle. Allusion est faite à une pièce secrète. Si l'on veut juger valablement, que l'on produise cette pièce au public ! »

Le gros général Gonse blêmit, et se hâta de demander la parole :

« L'armée ne craint pas de dire la vérité pour sauver son honneur... Mais il faut de la prudence... »

De Pellieux ne comprit nullement cet appel indirect. Il insista au contraire, demandant une nouvelle comparution immédiate du général de Boisdeffre.

« Il confirmera mes dires. »

De plus en plus énervé, voulant clouer le bec à tous, une bonne fois pour toutes, il donna l'ordre à son ordonnance d'aller chercher sur-le-champ le chef d'État-Major. Mais le président Delegorgue, prudent, leva la séance. Ce qui eut pour effet de provoquer dans le public alléché un hurlement de déception.

Le lendemain, de Boisdeffre vint à la barre. Tiré à quatre épingles, à la fois condescendant et poli, il déclara seulement :

« Je confirme en tous points la déposition du général de Pellieux. Je n'ai pas un mot de plus à dire, je n'en ai pas le droit. »

L'avocat de Zola voulut prendre la parole. Le président le fit taire. Picquart intervint alors :

« La pièce dont parle de Pellieux est un faux !

— Elle est authentique, répliqua le général Gonse.

— Montrez-la.

— Impossible.

— C'est tout de même étrange, intervint de Pellieux indigné, qu'un officier en uniforme accuse trois généraux de faux et d'usage de faux ! »

Ce fut le mot de la fin. On pourrait même dire de la fin du procès.

Entre un écrivain, même célèbre, et l'État-Major, le choix fut vite fait. D'ailleurs les journaux nationalistes avaient publié le nom et l'adresse des membres du jury. Gare à eux s'ils acquittaient Zola... Déjà, les bandes de *La Libre Parole* et de *La Ligue Antisémitique* s'en allaient tous les soirs casser des vitrines de magasins et hurler dans les rues. Les bagarres ne se comptaient plus. Bon nombre d'agents de police fermaient les yeux et laissaient faire.

Émile Zola fut donc condamné à un an de prison ferme et à une forte amende.

À l'annonce du verdict, le public, choisi avec soin, applaudit vigoureusement. Dehors, la foule cria d'allégresse. Esterhazy fut porté en triomphe à sa sortie. Le prince Henri d'Orléans, prétendant au trône de France, lui donna l'accolade. Près du prince, Maxime reconnut la comtesse de Belmont, l'amie de la famille de Lachesnay, resplendissante d'enthousiasme.

Quand Zola quitta à son tour le Palais de justice, son parapluie sous le bras, le préfet Lépine dut intervenir en personne pour empêcher qu'il ne fût lynché. La foule enfonçait les barrages des gardes municipaux. Maxime et Barbier reçurent des coups de canne. Ils en donnèrent aussi d'ailleurs.

Des centaines de personnes criaient dans tout le Quartier latin :

« Vive l'armée !

— À bas Zola !

— Mort aux juifs ! »

Émile Zola écouta un instant la rumeur toute proche. Il murmura, avant de monter dans sa voiture aux vitres brisées par des jets de pierre :

« Cannibales... »

C'était déjà le mot que lançait Voltaire au temps de l'affaire Calas.

« Écoutez, ajouta l'écrivain aux amis qui l'accompagnaient. Écoutez : on dirait qu'on va leur jeter de la viande. »

Dans la nuit tombante, les jeunes manifestants agitaient des torches enflammées, faites avec des exemplaires de journaux favorables à Dreyfus.

Le lendemain, Maxime et François se retrouvèrent à l'heure du déjeuner. Ils avaient chacun bon nombre de quotidiens sous le bras. La grande presse applaudissait presque unanimement le verdict du procès. Même *Le Figaro,* pourtant révisionniste, ironisait, en reprenant le titre des ouvrages de Zola dans un quatrain méchant :

« L'ŒUVRE entreprise en un jour noir
En une DÉBACLE s'achève
La révision fut le RÊVE.
Le verdict devient L'ASSOMMOIR. »

« Est-il possible, dit tristement Maxime, que tout cela n'ait servi à rien ? J'ai peur que le découragement ne les abatte tous : Zola, Scheurer-Kestner, Mathieu Dreyfus... Il n'y a plus rien à faire. Les Français ne comprendront jamais.

— Le coup est rude, répliqua François, mais aucune bataille ne se gagne facilement. Tout est sans cesse à reprendre, à recommencer... Cela en vaut la peine. L'affaire Dreyfus n'est plus seulement celle d'un homme condamné à tort... Rappelle-toi bien cela. »

Le jour même, Maxime s'inscrivit à la « Ligue des droits de l'homme et du citoyen » que le sénateur Trarieux venait de créer, contre l'antisémitisme, pour la justice et la vérité.

Chapitre 18

Rencontres

Agnès sauta à terre, donna la bride au garçon d'écurie. Puis caressa doucement la tête fine de sa jument.

« À bientôt, Diane », murmura-t-elle.

Elle se dirigea vers le perron d'entrée. Un domestique l'aborda, la mine embarrassée :

« Mademoiselle, M. de Méricourt est là. Il attend depuis ce matin.

— Je ne veux pas le voir !

— Oui, mademoiselle.

— Et j'ai dit vingt fois de ne plus le laisser entrer.

— Bien, mademoiselle. »

La jeune fille fit siffler sa cravache sur le dos d'un fauteuil innocent, et s'en fut vers les appartements de sa mère.

Celle-ci était dans son boudoir, à demi allongée sur un sofa.

« Tu arrives bien, ma chérie, fit Mme de Lachesnay. Je voulais justement te parler. »

Agnès écarta le rideau de la fenêtre. Dans la cour intérieure de l'hôtel, Christian de Méricourt se dirigeait à grands pas vers sa voiture, la mine sombre. Cela faisait longtemps qu'il n'était plus venu... Peut-être venait-il pour la dernière fois ? Elle eut soudain envie de l'appeler. Cela dura une seconde à peine.

La jeune fille laissa tomber le rideau avec un soupir involontaire.

« Je vous écoute, mère. »

Mme de Lachesnay se redressa et dit d'une voix hésitante :

« Tu sais que nous sommes invitées demain à l'ambassade russe.

— Oui. Ma robe est prête. Nous l'avons choisie ensemble.

— Il ne s'agit pas de ta robe, Agnès. Mais de notre cousin Maxime Dumas. Je pense qu'il assistera aussi à la réception. Ses articles font quelque bruit et les révisionnistes sont à la mode. »

Agnès avait baissé la tête.

« Tu comprends : nous risquons de le rencontrer. Tu dois le savoir... De toute façon, si tu n'allais pas à l'ambassade, ce serait reculer pour mieux sauter. Tu reverras Maxime un jour ou l'autre.

— Cela ne m'ennuie pas, mère. Au contraire.

J'éprouve pour lui de l'amitié et de la reconnaissance. Nous nous connaissons depuis toujours. N'est-ce pas normal ?

— Bien sûr... Mais je pense à ton père. Ce n'est pas si simple... Moi aussi, quelquefois, je me sens fautive. Nous aurions dû inviter Maxime depuis son retour.

— Je le crois. Puisque vous en parlez, je dois dire que je n'ai pas très bien compris votre attitude à son égard.

— Tu ne peux pas comprendre. Vois-tu, après le procès Dreyfus, c'est ton père qui a demandé au directeur de son journal de l'éloigner de nous, en l'envoyant à Madagascar ou ailleurs.

— Mais pourquoi ?

— Sa mère était juive... Et les racontars vont si vite. Ton père a une situation brillante, mais très exposée, sensible aux rumeurs. Être banquier demande beaucoup de confiance de la part des clients. Rien ne doit ternir cette confiance.

— Je vois, murmura Agnès. C'est en effet gênant que Maxime m'ait sauvé la vie.

— Quelle horreur ! Veux-tu te taire...

— C'est pourtant la vérité, mère. Et elle m'ennuie. Quant à moi, je serai contente de revoir Maxime, à l'ambassade russe ou ailleurs. Voilà. Je pense même que j'ai eu grand tort de ne pas l'avoir remercié plus tôt. Dix mois sont déjà passés depuis l'incendie.

— Agnès !

— Je pense que c'est en le traitant comme nous

l'avons fait qu'il est devenu partisan de ce Dreyfus... Ce n'est pas de sa faute s'il est un peu juif, tout de même. »

Mme de Lachesnay soupira.

« Parlons d'autre chose, dit-elle... Comment te va cette robe ?

— Je l'ai essayée ce matin. Elle est très belle. Je vous laisse, mère, excusez-moi. »

La jeune fille s'en alla très vite, sans laisser à Mme de Lachesnay le temps de répliquer.

Agnès passa une bonne partie de la journée à réfléchir. Elle voulait voir clair dans ses sentiments. Faire le point après la crise. Maxime, tout d'abord. Quand elle pensait à lui, elle éprouvait une impression mêlée. Elle l'aimait bien. C'était un garçon honnête, juste, bien que souvent maladroit. Et intelligent. Plus qu'elle sûrement. Quand elle se trouvait encore au couvent, son image quelquefois venait peupler ses rêves de jeune fille. Sans doute parce qu'elle ne connaissait pratiquement aucun autre garçon en ce temps-là. Mais maintenant ?... Non, elle ne l'aimait pas. Ou du moins pas de cet amour que doit éprouver une femme pour un homme avec qui elle va passer tout le temps d'une vie... Elle eut un peu pitié de lui, en l'imaginant dans la salle de rédaction enfumée d'un journal. Ou bien dans son modeste logement de la rue Clignancourt. Où mettrait-elle sa jument là-bas ? Cette idée la fit rire.

Et Christian ?... Son visage redevint triste. Elle avait cru en lui. Il était beau, élégant, et dégageait une impression de force à laquelle elle était sensible. Quand il parlait, sa voix avait un rien de hauteur et de suffisance qui le rendait supérieur aux autres hommes. Pourquoi avait-il fallu cet incendie ? Bien sûr, les excuses ne manquaient pas à son comportement. Mais elle aurait tant voulu que ce fût lui qui l'eût prise dans ses bras et sortie du brasier... Elle soupira. Il était encore revenu tout à l'heure. Fallait-il briser deux vies pour un instant ? Lui, elle l'aimait. Elle l'aimait vraiment. Elle l'aimait encore. Elle en était sûre à présent.

Maxime sortait de chez son rédacteur en chef, quand un collègue l'interpella :

« Dumas, il y a une jeune fille qui vous demande. Elle vous attend dans le petit bureau de l'entrée.

— Une jeune fille ? Moi ?

— Hé ! oui, heureux homme ! Courez vite. Ah ! j'oubliais : hier, un individu est passé au journal. Il voulait vous rencontrer aussi, et m'a raconté une histoire bizarre. Il s'appelle Lemercier-Picart. La police le recherche. Il veut de l'argent, et il est prêt en échange à faire des révélations sur le service de renseignements de l'armée. À propos de Dreyfus et d'Esterhazy. C'est votre domaine... »

Maxime dressa la tête, l'œil brillant.

« Intéressant, cela...

— Méfiez-vous. Je sais que vous n'êtes pas la première personne qu'il approche. On ne le prend au sérieux nulle part. Ni au *Figaro,* ni à l'archevêché de Paris.

— Il faut vérifier tout de même. Ne pas laisser échapper la moindre possibilité.

— L'homme m'a laissé son adresse, rue de Sèvres. C'est un hôtel, où il est inscrit sous un faux nom : Lucien Roberty.

— J'y vais. Merci beaucoup.

— Hé... N'oubliez pas la jeune fille. »

Le petit bureau de réception était assez obscur. Le cœur de Maxime battit soudain très fort en apercevant une silhouette familière qui se dressait brusquement de son siège.

« Nora ! Vous ici...

— Maxime ! »

Ils s'embrassèrent d'un même élan.

« Je suis arrivée hier à Paris avec mes parents. Ma première visite est pour vous.

— Nora. Quelle surprise !... Venez. J'ai une visite urgente à faire. Vous me raconterez tout en voiture.

— Avec joie... »

Tandis qu'ils roulaient vers la rue de Sèvres, Nora expliqua avec sa vivacité coutumière que son père avait finalement cédé devant son insistance permanente, et décidé de revenir en France. Sa mère aussi était contente de rentrer au pays natal. Quant à elle, elle n'y croyait pas encore. C'était trop beau. La veille, malgré l'heure tardive, elle avait parcouru les Champs-Élysées, les boulevards. Tout lui paraissait plus merveilleux que dans ses rêves...

« Vous n'avez pas changé, Nora.

— Vous non plus... Si. Un peu, tout de même. Votre visage est plus grave d'aspect aujourd'hui qu'il ne l'était à Madagascar. Je vais vous dérider, moi. Nous nous reverrons, n'est-ce pas ?

— Bien sûr. »

Elle rit joyeusement. Elle ne parlait pas d'Agnès, ne demandait rien.

Lemercier-Picart habitait un hôtel meublé assez peu reluisant. Devant la porte d'entrée se tenaient deux agents de police. Maxime eut un pressentiment à leur vue. Il se précipita hors de la voiture, se fit connaître.

« On ne peut pas entrer, dit le premier agent. Votre Lucien Roberty, il est mort. On l'a trouvé pendu à l'espagnolette de sa fenêtre. Un suicide.

— Un suicide..., répéta rêveusement le journaliste.

— Oui. Au début, le commissaire de police croyait que c'était un crime. Mais les médecins sont venus et d'autres messieurs aussi qu'on ne connaît pas. Ils ont tous dit : c'est un suicide. »

Nora attendait dans la voiture. Les agents laissèrent tout de même passer le journaliste. Il interrogea longuement la logeuse et les voisins. Quelques pourboires judicieusement distribués auraient dû rafraîchir les mémoires. Hélas ! personne ne savait rien de très intéressant. Lemercier-Picart était un homme tranquille. Il vivait là avec une femme.

Celle-ci venait à peine de rentrer du commissariat. Son visage ébahi, au front bas, mal fardé, portait encore des traces de larmes. Maxime lui parla un instant sur le seuil de sa porte. Elle s'appelait Léontine Le Robuec, Bretonne, et ne savait rien de Lemercier-Picart. Elle le connaissait depuis quelques mois à peine sous le nom de Roberty. Non, jamais personne ne venait lui rendre visite. Il ne recevait pas de courrier. Oui, Lucien ressemblait quelquefois à un homme qui se cache. C'est possible. Elle ne lui avait pas demandé pourquoi. Chacun ses affaires, pas vrai ? Ils étaient sortis ensemble, ce jeudi matin. Et il l'avait quittée vers midi. Elle était revenue, elle, aux environs de trois heures et avait trouvé la porte fermée. Elle s'ennuya d'attendre dehors. À six heures, le logeur lui ouvrit la porte avec un passe. Roberty était déjà froid, pendu à la fenêtre, agenouillé dans une position bizarre.

Maxime ne put en savoir davantage.

De toute façon, l'affaire valait au moins un article dans *L'Écho du Jour.*

« Comme vous avez été long, se plaignit Nora en souriant, lorsqu'il retourna vers elle.

— C'est le métier, pardonnez-moi.

— Je plaisantais, Maxime. Je comprends bien.

— Tenez, pour me racheter, si vos parents le permettent, je vous propose de vous emmener ce soir à une réception. À l'ambassade russe. Tout Paris y sera. »

Nora battit des mains, puis pâlit tout à coup.

« Mon Dieu... Quelle toilette vais-je mettre ? »

Chapitre 19

Après le procès

Des salons dorés ruisselants de lumières. Un orchestre tsigane. Un immense buffet avec caviar, saumon fumé, vodka. Une cohue d'habits, d'uniformes et de robes du soir. C'était la réception russe.

« Nora, voici François Barbier. Mon ami le plus cher. »

Il lui serra chaleureusement la main.

« Je suis heureux de vous connaître, mademoiselle. Maxime nous a beaucoup parlé de vous, à ma femme et à moi.

— Jeanne n'est pas venue ?

— Non. Elle n'aime pas les gens qui sont là, tu le sais bien. »

Près de la porte d'entrée, un valet annonça d'une

UN DINER EN FAMILLE

– Surtout ! ne parlons pas de l'affaire Dreyfus !

... Ils en ont parlé...

voix forte, habituée à recouvrir le brouhaha des conversations :

« M. et Mme de Lachesnay ! Mlle Agnès de Lachesnay ! »

Nora tressaillit et tourna la tête. Elle regarda de loin Agnès qui tendait sa main aux gens de l'ambassade. Elle la trouva très belle. Maxime s'était figé, ne sachant que faire, fuir ou avancer.

« Tu devrais aller saluer tes cousins », dit François.

Le journaliste tourna vers lui une tête hésitante.

« Tu crois ? »

Il se décida tout à coup :

« J'y vais. Venez aussi Nora. Que je vous présente. »

Nora était pâle. Le banquier ouvrit ses bras, avec un sourire épanoui sur son visage :

« Ce cher Maxime ! Enfin ! Quelle joie de vous rencontrer. Vous nous fuyez depuis des mois. Toute ma reconnaissance, mon ami, pour ce que vous avez fait. C'était héroïque. Ma fille, les flammes...

— Il faut que je vous embrasse », fit Agnès à son tour.

Maxime n'entendait plus ce que disait le banquier, ni ce que disait après lui Mme de Lachesnay. Il regardait les yeux lumineux de sa cousine, sa chevelure blonde sur laquelle des diamants étincelaient, sa bouche qui souriait en se gonflant un peu. Ce grain de beauté à droite, juste au-dessus de la lèvre. Il dut faire un grand effort pour revenir sur terre...

« Permettez-moi de vous présenter Mlle Nadard, que j'ai connue lors de mon séjour à Madagascar.

— Enchanté, mademoiselle.

— Venez donc me voir un mardi, mon enfant. Nous ferons plus ample connaissance. Je reçois de trois à six... N'est-ce pas, Agnès ?

— Bien sûr, mère... »

La jeune fille semblait absente. Elle avait détaillé Nora avec attention. Maintenant, elle évitait de se tourner vers Maxime. Elle pensait à sa lettre. Pauvre cousin... Elle l'avait remercié, soit... et de tout cœur. Mais il ne fallait surtout pas qu'il imagine Dieu sait quoi. Alors, elle témoignait à son égard d'une réserve plus grande qu'elle n'aurait voulu.

« Mon cher Maxime, disait le banquier, bien que je ne sois pas toujours d'accord avec vous, je ne manque pas de lire chacun de vos articles. Il faut que la vérité se fasse sur cette malheureuse affaire Dreyfus. Notre armée, elle-même, a tout à y gagner... Buvez-vous quelque chose ? Je voudrais connaître votre opinion sur les prochaines élections... »

Ils ne burent pas ensemble, car des amis des de Lachesnay interrompirent leur conversation. La foule les sépara.

« À tout à l'heure, cher cousin. Ou alors à bientôt, n'est-ce pas ? »

Nora, intimidée, suivait Maxime sans le lâcher d'une semelle. L'orchestre tsigane jouait une valse de Vienne.

Agnès ne lui avait rien dit de sa lettre. Pas même une allusion, un mot quelconque. Elle restait indifférente. Il n'était pas arrivé à franchir ce mur qui les séparait depuis toujours, cette façade de sourire et de civilité superficielle... Maxime sentit que cette fois aucun espoir ne subsistait plus.

Nora passa sa main sous son bras, d'un geste doux. Il se tourna vers elle :

« Dansons, dit-il... Je manque à tous mes devoirs. »

Plus tard, tandis qu'ils s'en allaient en compagnie de François Barbier, ils revirent Agnès. Elle semblait fascinée, les yeux fixés en direction de la porte. C'était Christian de Méricourt qui entrait, au milieu d'un groupe d'officiers, en grand uniforme.

Le procès de Zola ne fit qu'exacerber les passions. Si les milieux populaires se sentaient toujours assez peu concernés, malgré l'attitude de Jean Jaurès, toute la bourgeoisie était maintenant divisée en deux camps. Celui des révisionnistes grossissait sans cesse.

Deux dessins de l'humoriste Caran d'Ache illustrent bien l'atmosphère de l'époque. Sur le premier, une famille est assise autour d'une table. Les visages sont souriants. Et le grand-père recommande : « Surtout, ne parlons pas de l'Affaire. » La deuxième image montre la table dévastée, des gens furieux se battant, d'autres assommés par terre. Et la légende indique : « Ils en ont parlé. »

Il ne se passait d'ailleurs pas un seul jour, sans que l'affaire Dreyfus ne fasse parler d'elle.

C'est ainsi qu'après le procès, il y eut une épidémie de duels. Dont celui de Georges Clemenceau avec Édouard Drumont, le directeur de *La Libre Parole.* De son côté, le colonel Picquart, remis en liberté, blessa le colonel Henry d'un coup d'épée au bras. En revanche, il refusa de se battre contre Esterhazy :

« Cet homme appartient à la justice, déclara-t-il. Je serais coupable de l'y soustraire. »

Au service de renseignements de l'armée, on débordait d'activité. Le dossier Dreyfus était refait à neuf. Il comportait maintenant le chiffre ahurissant de trois cent soixante-treize documents, prouvant chacun, plus ou moins, la culpabilité du capitaine. Les documents étaient de toute sorte. Par exemple, un certain général Lebelin de Dionne avait eu jadis Dreyfus sous ses ordres à l'École de guerre. À la demande du général Gonse, il reprit les anciennes notes données à son élève, les baissa et ajouta, en marge, une remarque indiquant que Dreyfus lui paraissait avoir un comportement suspect... Et ainsi de suite.

Au mois de juin 1898, il y eut des élections législatives. Certains candidats à la députation, tel Jean Jaurès, menèrent campagne pour la révision du procès. Ces élections marquèrent une victoire de la gauche et des républicains en général, tendance qui ne faisait que s'accentuer depuis des années.

Le 7 juillet, un député nationaliste interpella le nouveau gouvernement formé à la suite des élections. Il lui demanda d'en finir avec l'Affaire et de prendre des sanctions contre ceux qui troublaient sans arrêt la paix du pays.

Cavaignac, successeur de Billot au ministère de la Guerre, affirma, comme ses prédécesseurs, que Dreyfus était coupable. À la tribune, il cita de bonne foi aux députés quelques fausses preuves fournies par l'armée. En particulier le document : « Cette canaille de D... » et le fameux document « Alexandrine ».

Il fut acclamé par une forte majorité et son discours affiché à la porte de toutes les mairies de France.

Cependant, quelques « dreyfusards » se réunirent alors. Le colonel Picquart écrivit à Henri Brisson (le nouveau président du Conseil). Dans sa lettre, Picquart affirmait que les documents cités à la tribune étaient des faux.

Le général Cavaignac réagit aussitôt. Il fit arrêter de nouveau et poursuivre Picquart. Mais, dans un souci de justice, il renvoya également Esterhazy devant une commission d'enquête et demanda à ses collaborateurs de vérifier les preuves du service de renseignements.

Son opinion pourtant ne faisait aucun doute. Dans un moment de colère, il proposa au Conseil des ministres de faire arrêter tous les « révisionnistes » connus : Scheurer-Kestner, Mathieu Dreyfus, Georges Clemenceau, Jean Jaurès, Trarieux (le fondateur de la Ligue des droits de l'homme)... Henri Brisson l'invita à se calmer.

Pendant ce temps, il arrivait à Esterhazy une aventure qui faillit mal se terminer pour lui... et pour d'autres. Durant des mois, le commandant avait extor-

Madame Henry.

qué à un cousin de fortes sommes d'argent. Or, ce cousin se trouvait au courant, dans ses moindres détails, du complot de son parent avec des officiers de l'État-Major, en octobre 1897, quand du Paty de Clam rencontrait Esterhazy au parc Montsouris. Il porta plainte. Et en profita pour raconter tout ce qu'il savait sur l'Affaire.

Le juge chargé d'enquêter, dénommé Bertulus, perquisitionna chez Esterhazy. Il découvrit là des traces de la collusion entre Gonse, Henry, du Paty et le commandant. Ce dernier fut arrêté... Heureusement pour lui, Esterhazy possédait toujours des appuis aussi occultes qu'efficaces. Le juge Bertulus mit en cause du Paty de Clam et Henry. À la suite de péripéties judiciaires compliquées, Esterhazy fut libéré, le 12 août. Et l'Affaire se trouva étouffée une nouvelle fois.

Auparavant, dans l'espoir que l'enquête en cours apporte des éléments nouveaux, les amis d'Émile Zola conseillèrent à l'écrivain de fuir en Angleterre, pour échapper à la peine de prison ferme que la cour d'appel venait de confirmer.

qu'à un complot [illegible] d'État ? Or, ce com-

de l'affaire.

de la collusion entre l'ex-commandant, Henry, du Paty et le com-

lui, Esterhazy possédait certains des [illegible] aussi
[illegible]. La [illegible] du

[illegible] complications, Esterhazy fut libéré, la [illegible]
[illegible] une nouvelle fois.

[illegible] que l'enquête en cours

[illegible] de [illegible].

Chapitre 20

Un coup de théâtre

C'est le 13 août, lendemain de la libération d'Esterhazy, que se joua l'acte décisif. Avec, en final, le coup de théâtre qui fit basculer l'affaire Dreyfus du côté de la vérité.

Ce soir-là, le capitaine Cuignet, attaché au cabinet du ministre de la Guerre, examinait un certain nombre de documents fournis par l'État-Major. C'est à lui que Cavaignac avait donné ordre de les vérifier.

Le capitaine travaillait donc, à la lumière d'une forte lampe, se servant par moments d'une loupe. Tout à coup, il fronça les sourcils, très étonné par une anomalie indiscutable qu'il venait de déceler.

Dans ses mains se trouvait le fameux document signé « Alexandrine ». Et il apparaissait par transparence que ce dernier était constitué de fragments de papiers différents, une partie quadrillée en violet pâle, l'autre quadrillée en gris bleuté. Aucune erreur possible : il n'avait pas été reconstitué à partir des morceaux d'une seule lettre, mais de deux. Le document était donc falsifié.

Le capitaine Cuignet prévint aussitôt son chef, le général Roget. Dès le lendemain, le ministre Cavaignac fut mis au courant lui aussi. Bien que surpris, il ne réagit pas tout de suite. Il se donna le temps de réfléchir et n'avertit aucun autre membre du gouvernement. Henry passait de courtes vacances à Berck-Plage. D'autre part, on attendait le rapport de la commission militaire d'enquête chargée de statuer sur le sort d'Esterhazy (fin août, la commission proposa de réformer le commandant pour « inconduite », mais le blanchit à nouveau, à propos du bordereau, et du reste...)

Le 30 août, à peine rentré, le colonel Henry se rendit au ministère de la Guerre, convoqué de façon impérative. Cavaignac voulait l'interroger lui-même.

Dans son bureau se tenaient les généraux de Boisdeffre, Gonse et Roget, les deux premiers très inquiets, malgré leur sang-froid.

L'accusation foudroya Henry. Il commença par nier, Cavaignac insista rudement. Il avoua.

« Oui, c'est moi qui ai fabriqué le document. »

Le général de Boisdeffre, atterré, écrivit sur-le-champ une lettre de démission.

« Ma confiance dans le colonel Henry n'était pas justifiée... J'ai l'honneur de vous demander de bien vouloir me relever de mes fonctions... »

Cavaignac fit mettre Henry aux arrêts. Ce dernier fut immédiatement conduit et incarcéré à la prison militaire du mont Valérien.

L'agence Havas s'empressa de publier un communiqué retentissant. Une nouvelle fois, l'affaire Dreyfus occupa la « une » de tous les journaux français.

Le public fut d'abord frappé de stupeur... Le général de Pellieux, « héros » du procès Zola, donna, lui aussi, sa démission immédiate de l'armée. Sa preuve irréfutable... Une falsification ! Il ne pouvait le supporter !

Esterhazy, quant à lui, s'empressa de faire sa valise et de fuir pour Bruxelles et Londres.

Les « dreyfusards », en revanche, ne cachaient pas leur joie et leur espoir.

Le lendemain matin, 31 août, Henry écrivit de sa cellule au général Gonse : « Mon général, j'ai l'honneur de vous prier de vouloir bien venir me voir. J'ai absolument besoin de vous parler... »

À sa femme, il écrivit aussi : « Je vois que tout le monde m'abandonne, et cependant tu sais dans l'intérêt de qui j'ai agi... »

Henry ne fera de révélations à personne. Car, à six heures du soir, un planton allait le retrouver mort dans sa cellule, la gorge tranchée de deux coups de rasoir. Bien que le colonel fût gaucher, des témoins affir-

Jean Jaurès.

mèrent qu'il tenait l'arme dans son poing droit crispé. Le commissaire de police de Puteaux écrira pourtant dans son rapport : « Le rasoir fermé se trouvait près de la main gauche... »

Version officielle : Henry s'est suicidé. Comme Lemercier-Picart, le petit adjoint du faussaire.

Maxime sentit tout à coup le fond de la salle devenir houleux. Les derniers rangs des spectateurs se dressaient. Il haussa le ton. Sa voix devint plus vibrante encore :

« Les événements que nous venons de vivre proclament clairement la nécessité, non seulement de réviser le procès Dreyfus, mais de poursuivre avec vigueur les véritables ennemis de la patrie, les ennemis de la République ! »

Il ne put continuer davantage. Le tumulte éclata brusquement. Un groupe d'hommes armés de gourdins venait d'envahir la salle de réunion. Leurs cris jaillissaient avec violence. Toujours les mêmes :

« Mort aux juifs !

— Vive l'Armée !

— À bas les traîtres ! »

En un instant, la bataille s'engagea, bâtons contre chaises et cannes. Des auditeurs cherchaient à fuir. Toute pâle, Nora se serrait contre Jeanne Barbier.

« Mon Dieu... que se passe-t-il ?

— Ce n'est rien.

— Que fait la police ?

— Elle viendra vite, ricana François.

— N'ayez pas peur », ajouta doucement Jeanne.

À la tribune, le président local de la Ligue des droits de l'homme essayait en vain de se faire entendre. Seuls quelques mots indignés arrivèrent à percer le tapage :

« Honte... Démocratie... Liberté... »

Nora se sentit entraînée dehors. Des visages haineux autour d'elle. Des cris. Des bousculades. L'air frais du soir d'automne la saisit. Maxime lui prenait le bras, la forçait à courir.

« Venez vite. On ne peut plus rien faire.

— Sauf un article..., rectifia Barbier d'une voix haletante.

— Un article, oui... »

Nora regarda son compagnon tandis qu'ils montaient en voiture. À son air, elle devinait qu'effectivement il était en train de réfléchir à cet article, et en éprouva un sentiment d'admiration.

— Venez à la maison, dit Jeanne. Je préparerai quelque chose à boire. Cela nous remettra tous. »

Près de la salle, les sergents de ville arrivaient maintenant en force. Ils chargeaient, casse-tête levés, repoussant et frappant sans distinction tous ceux qui se trouvaient devant eux.

« Une honte », murmura Maxime à son tour.

Il se tourna vers la jeune fille et ajouta :

« Je suis désolé de vous avoir entraînée dans ce guet-apens.

— Vous n'y êtes pour rien.

— J'aurais dû m'en douter. Les bandes de *La Libre Parole* attaquent toujours les réunions en ce moment.

— Ça chauffe, fit Barbier. Le gouvernement est par terre. L'armée montre les dents. Quant aux nationalistes, ils sont déchaînés. On se croirait revenu au temps du général Boulanger.

— Racontez-moi, demanda Nora. Vous savez, c'est loin Madagascar. J'arrive à peine. Là-bas, on n'est au courant de rien. »

Maxime tourna les yeux vers la jeune fille. Elle le suivait partout maintenant. Il allait sans doute l'épouser très vite... Malgré l'obscurité il la vit, blanche encore, mais ferme, écoutant avec application les explications véhémentes de François, toujours heureux d'avoir un interlocuteur à convaincre... Cela lui fit chaud au cœur. Nora ne l'abandonnerait pas dans cet avenir où il s'engageait, et où il y aurait sans doute d'autres soirs comme celui-là.

Il ferma les yeux, et vit alors Agnès... Il secoua la tête. Rien à faire. Il la revit encore... Les jours pouvaient venir. Il les attendait de pied ferme, autant qu'il y en aurait, jusqu'à la fin de sa vie. Avec ce qu'ils lui apporteraient de joie et de tristesse, de soucis quotidiens. Ils auraient prise sur lui, malgré cette sorte de carapace qu'il sentait maintenant peser sur sa poitrine...

Pourtant, il savait que, très longtemps sans doute, lorsqu'il fermerait les yeux, comme en ce moment, c'est l'image d'Agnès qu'il reverrait, toute proche, familière, avec sa lèvre inférieure qui avançait un peu lorsqu'elle parlait, et sa chevelure blonde dont il avait tant rêvé des années durant.

Chapitre 21

Amours

L'arrestation, puis la mort du colonel Henry provoquèrent donc un sentiment quasi général de stupeur. Chacun sentit que quelque chose était faussé dans l'Affaire. Même ceux qui croyaient toujours Dreyfus coupable se résignèrent d'abord à la révision du procès.

Le gouvernement lui-même accepta la demande de révision, déposée en toute hâte par Lucie Dreyfus, et en saisit la Cour de cassation.

Mais, la première émotion passée, ceux qu'on appelait les « nationalistes » réagirent habilement, par une puissante campagne de presse. Une presse au martèlement incessant qui ne laissait jamais son public réfléchir par lui-même, apportant ses solutions toutes faites à chaque problème posé.

« Henry était une âme simple, écrivit *La Libre Parole,* un fervent de l'uniforme, affolé par la campagne juive. »

« Henry était un grand patriote, appuyèrent d'autres journaux : on sait que la valeur d'un billet de banque est garantie par une réserve d'or. De même la valeur du faux fabriqué par Henry est garantie par de terribles documents secrets qu'on ne peut montrer au public... » (Sous-entendu : la fameuse lettre « annotée » par l'empereur d'Allemagne, et dont la publication ne manquerait pas de provoquer la guerre dans toute l'Europe.)

Et le public mordait à cette fable.

D'autant plus que Cavaignac, ministre de la Guerre, donnait sa démission pour protester contre la révision éventuelle du procès. Son remplaçant, le général Zurlinden, démissionnait à son tour, imité par son successeur, le général Chanoine, dont le départ en fanfare entraîna la chute du gouvernement Brisson.

L'agitation était à son comble. Les bandes nationalistes battaient le pavé sous l'œil complaisant des agents de police. Des officiers supérieurs se préparaient ouvertement pour le « grand jour », celui où ils renverseraient « la gueuse », autrement dit : la République. L'affaire Dreyfus n'était plus qu'un prétexte, un alibi pour prendre le pouvoir.

Profitant de son court passage au ministère de la

Guerre, le général Zurlinden fit poursuivre Picquart, qu'il accusa d'avoir falsifié le « petit bleu », c'est-à-dire le télégramme envoyé par l'attaché militaire allemand à Esterhazy, celui-là même qui fit découvrir au colonel le nom du vrai coupable.

Il faut dire qu'avant sa mort, Henry avait habilement trafiqué le document, grattant le papier de telle façon qu'on pouvait accuser Picquart d'avoir ajouté de sa main le nom d'Esterhazy.

Picquart passa d'abord au tribunal civil. Il déclara en public :

« J'irai peut-être ce soir à la prison militaire du Cherche-Midi. Je veux que l'on sache, si l'on trouve dans ma cellule le lacet de Lemercier-Picart ou le rasoir d'Henry, que ce sera un assassinat. »

Le colonel fut livré à la justice militaire et mis aux arrêts. Une campagne de protestation s'engagea pour sa libération, campagne à laquelle s'associèrent : Anatole France, Edmond Rostand, le peintre Monet, Sarah Bernhardt, Sully Prudhomme...

Face à ces prises de position, d'autres se manifestèrent. Plus puissantes encore. C'est ainsi qu'en opposition à « La Ligue des droits de l'homme », se créa la « Ligue de la Patrie française », dont les adhérents se chiffrèrent par dizaines de milliers, résolus à défendre « l'honneur du drapeau ».

À qui se fier en effet, puisqu'une grande partie de la presse disait maintenant qu'Esterhazy, en fuite, avait toujours été le complice des juifs ? Esterhazy, hier encore héros des nationalistes !

La situation se tendait de plus en plus. On ne savait comment résoudre la crise politique provoquée par la chute de Brisson. Le Sénat réagit et annonça « qu'il n'accorderait son appui qu'à un gouvernement républicain, prêt à réprimer les agitateurs, en maintenant la suprématie du pouvoir civil sur les militaires ».

Ce nouveau gouvernement, dit « de concentration républicaine » fut celui formé par un « modéré » : Charles Dupuy.

Les Français poussèrent un soupir de soulagement. Les esprits semblaient s'apaiser. Au moins provisoirement. Fin 1898, le Tout-Paris pouvait fredonner, d'un cœur plus léger, les airs joyeux d'une opérette nouvelle : *Véronique,* d'André Messager. Et s'intéresser à l'ouverture des travaux du métro parisien, ceux de la première ligne, Porte Maillot-Porte de Vincennes. Tandis qu'un cinéaste, Georges Méliès, entreprenait une série de douze films dramatiques de vingt mètres chacun, sur l'affaire Dreyfus.

Le mariage de Christian de Méricourt avec Agnès de Lachesnay eut lieu en grande pompe à l'église de la Madeleine.

Leur réconciliation fit grand bruit dans les milieux mondains. Le banquier grogna bien un peu de ce revirement nouveau, ne goûtant guère qu'on pût le prendre pour une girouette. Mais il céda.

La réconciliation se déroula d'une façon très simple.

Les deux jeunes gens se retrouvèrent chez des amis communs. Ils se regardèrent face à face. Et le lieutenant murmura :

« Puis-je espérer encore ? »

Elle fit de la tête un signe imperceptible, tout en baissant les yeux.

Dès le lendemain, il revint à l'hôtel de Lachesnay. Elle le reçut. Il lui récita des vers d'Edmond Rostand qu'elle écouta, retrouvant la même émotion qu'elle avait ressentie le jour où elle les entendit au théâtre :

Ah que pour ton bonheur je donnerais le mien
Quand même tu devrais n'en savoir jamais rien
S'il se pouvait parfois que de loin j'entendisse
Rire un peu le bonheur né de mon sacrifice.

À la sortie de l'église, les officiers firent de leurs épées nues un arc de triomphe aux jeunes époux. Maxime leur présenta ses vœux de bonheur, le cœur un peu serré. Il ne resta qu'un court moment parmi les invités. Sa présence provoquait dans l'assistance des murmures et des commentaires acerbes : il commençait à être connu.

Le mariage du jeune journaliste avec Nora s'effectua beaucoup plus discrètement, à la mairie du XVIIIe arrondissement. Le couple avait loué un logement dans la maison même où habitaient Jeanne et François Barbier, qui leur servirent de témoins. Il n'y eut pas grand monde comme invités et, pour eux, pas de voyage de noces. Alors qu'Agnès et Christian partaient pour l'Italie.

Maxime plaisantait :

« Au printemps, nous irons à Madagascar.

— Merci bien, répliquait joyeusement Nora. Non, je me contenterai de huit jours de vacances au bord de la Marne... »

Elle avait d'abord hésité avant d'accepter le mariage, connaissant les sentiments de Maxime pour Agnès. Ils s'étaient expliqués là-dessus très franchement. Le passé était mort, bien mort. Maxime finit par la convaincre. Au fond, elle ne demandait que cela...

Pendant ce temps, *La Libre Parole* ouvrait une souscription au bénéfice de la veuve du colonel Henry. Une souscription qui eut beaucoup de succès et à laquelle ne versèrent pas moins de vingt-huit généraux, sans parler de centaines d'autres donateurs, anonymes ou non, mais à l'état d'esprit très significatif :

— Un ancien commerçant roulé par les juifs ! 0,50
— Gloire au sabre libérateur ! 1,00
— Dieu et Patrie ! À bas les juifs ! 0,50
— Une cuisinière qui a la joie de détourer
les bonnes d'acheter chez les juifs 1,00
— On demande une tête et un bras................. 0,46
— Un curé de petit village bien antisémite 1,00
— Pour payer la goutte des troupiers qui
fusilleront Dreyfus 2,00
— À quand le signal ? 0,25

Chapitre 22

À quand le signal ?

À quand le signal ? demandait un souscripteur de *La Libre Parole.* Les comploteurs, qui s'agitaient toujours dans l'ombre, crurent le moment venu lorsque Félix Faure, président de la République, mourut brusquement le 16 février 1899.

Des émissaires partirent aussitôt à l'étranger joindre le duc d'Orléans, prétendant au trône de France. Ils lui demandèrent de se rapprocher de la frontière pour être là, à l'instant décisif. Dans les bas-fonds parisiens un aventurier du nom de Guérin recrutait des nervis et les payait grassement. L'argent ne manquait pas, versé par des sympathisants, tels que la comtesse de Belmond.

De son côté, le poète Déroulède, nationaliste ultra,

auteur des célèbres *Chants du soldat,* député et président de la Ligue des patriotes, envoya quatre mille pneumatiques à ses adhérents :

« *Rendez-vous le 23 février, à 3 heures, place de la Bastille.* »

Ce jour-là se déroulaient les obsèques de Félix Faure. C'est le général de Pellieux qui commandait les troupes participant à la cérémonie. Il avait repris sa démission de l'armée. Déroulède comptait sur lui. Les autres généraux suivraient sans doute.

Mais, au dernier moment, de Pellieux n'eut pas confiance. Écœuré par les événements, l'entreprise lui avait d'abord plu. Elle lui semblait maintenant bien hasardeuse. On lui apprit que des groupes de républicains se tenaient mobilisés depuis le matin sur les grands boulevards. Mauvais signe... Le préfet de police avait aussi publié un communiqué sévère à ses agents : ordre de disperser tous attroupements séditieux. Ordre d'arrêter tous auteurs d'injures et de violences. Les agents étaient prévenus publiquement : toute complaisance à l'égard des manifestants serait immédiatement poursuivie et punie, au minimum, par une révocation immédiate.

Le matin, sur le passage du cortège mortuaire, les quelques manifestations nationalistes – cris, coups de sifflets – furent immédiatement réprimées. La foule elle-même arrêtait les factieux, les livrait à la police... Voilà qui fit réfléchir le général. L'affaire n'était pas mûre.

De Pellieux abandonna. En sortant du cimetière du Père-Lachaise, il s'en retourna directement à l'École militaire, par les boulevards extérieurs, avec sa suite.

À la Nation, les troupes houleuses de Déroulède attendaient les soldats regagnant leur caserne.

Ceux-ci arrivèrent à quatre heures, commandés par le général Roget, un antidreyfusard convaincu, mais assez peu disposé à tenter un coup d'État.

D'abord désorienté par l'absence du général de Pellieux, Déroulède se précipita vers son remplaçant, saisit la bride de sa monture :

« Suivez-moi, mon général, cria-t-il. Ayez pitié de la Patrie ! Sauvez la France et la République. À l'Élysée, mon général ! »

Roget tenait son épée à bout de bras. C'était un nerveux. Il repoussa Déroulède :

« Laissez-moi passer.

— Sauvez-nous de l'anarchie et des dreyfusards ! »

Déroulède insistait. Le général le frappa du plat de son arme. Déroulède recula et voulut alors lui forcer la main en obligeant les régiments à tourner bride. Ses hommes, aidés par les nervis de Guérin[1], barrèrent l'entrée de la rue de Reuilly tout en continuant à hurler leurs mots d'ordre factieux :

« À l'Élysée !

— À bas les traîtres ! Suivez-nous !

— L'armée au pouvoir ! »

---

1. Recrutés 3 francs par tête, pour la journée.

Roget les fit charger. Une partie des ligueurs s'enfuit sans plus attendre. L'autre partie reflua sous la poussée des soldats.

Dans la confusion la plus complète, Déroulède lui-même se retrouva bientôt au beau milieu de la cour de la caserne Reuilly.

« Allez-vous-en ! » ordonna le général Roget, embarrassé de le voir encore là, et ne sachant qu'en faire.

Déroulède refusa de partir. Voyant la débandade, il déversa sa hargne à la face des militaires :

« Si nous nourrissons une armée, c'est pour qu'elle nous rende service, à l'intérieur comme à l'extérieur. Depuis 1870, vous ne nous avez servi à rien ! »

Déroulède oubliait Fourmies et les multiples manifestations et grèves, réprimées grâce aux soldats. Il oubliait les guerres coloniales d'Afrique et de Madagascar. Mais, pour le général Roget, c'en était trop. Il fit arrêter le député-poète.

En fin d'après-midi, presque à la même heure, commençaient d'autres manifestations sur les grands boulevards, conduites par le député Millevoye, aux cris de :

« Vive l'armée ! Vive les patriotes ! »

Les agents chargèrent, arrêtant le député. Le calme ne revint pas pour autant. Malgré le froid, les terrasses des cafés étaient combles, et des groupes passaient et repassaient sur les trottoirs, cherchant à ameuter les passants.

La police chargea de nouveau les nationalistes, faubourg Montmartre. Deux agents reçurent des coups de couteau.

Mais bientôt arrivèrent d'autres groupes, formés de militants socialistes et républicains. Des heurts se produisirent devant le siège de *La Libre Parole,* qui eut ses vitres brisées.

Bientôt, tout le quartier devint un champ de bataille. Depuis la Bourse, jusqu'aux rues Vivienne, Lafitte et Lafayette. Aux cris de : « Vive le Roi ! » répondaient en masse les cris de : « Vive la République ! »

Cela dura jusqu'à deux heures du matin. Puis Paris s'endormit, très calme. La tentative de Déroulède et de ses compagnons avait piteusement échoué.

Non sans mal, la chambre criminelle de la Cour de cassation s'était mise au travail. Tous les anciens ministres de la Guerre défilèrent devant elle : Mercier, Billot, Cavaignac...

Le colonel Picquart déposa cette fois-ci sans aucune retenue. Le juge Bertulus raconta ce qu'il savait de la collusion entre Esterhazy et le service de renseignements.

Les juges demandèrent à voir le dossier secret. Le gouvernement hésita, puis dut céder et montrer quelques-unes des trois cent soixante-treize pièces de la collection. Elles ne furent pas toutes bien accueillies.

Naturellement, antisémites et nationalistes commencèrent une violente campagne contre la cour, l'accusant d'être à la solde du « Syndicat des juifs », accusant les magistrats d'être des juifs eux-mêmes.

Cela n'empêcha pas de nombreuses dépositions favorables à Dreyfus. Celle du préfet Lépine, celles d'officiers supérieurs comme le général Sebert de l'Académie des sciences, celles de deux commandants d'artillerie en activité. Le vent tournait.

De même, le ministre des Affaires étrangères réagissait en faveur de l'accusé. Depuis longtemps les répercussions internationales de l'Affaire l'agaçaient et le gênaient.

La publication journalière des procès-verbaux éclaira bon nombre de Français qui découvraient, officiellement, pour la première fois, bien des aspects ignorés de la longue tragi-comédie jouée depuis 1894.

Le 3 juin 1899, la Cour de cassation déclara que le bordereau n'était pas écrit de la main de Dreyfus, mais bien de celle d'Esterhazy.

Réunie en séance solennelle, elle cassa et annula à l'unanimité le jugement rendu en décembre 1894, contre le capitaine Alfred Dreyfus et renvoya l'accusé devant le conseil de guerre de Rennes.

Le même jour, du Paty de Clam était arrêté, Picquart libéré, le général Mercier accusé de communication illégale de pièces aux juges. Zola revenait triomphalement d'exil.

Esterhazy à Londres.

Quant à Esterhazy, réfugié en Angleterre, il finissait par avouer à un journaliste du *Matin* :

« Eh bien, oui, c'est moi qui ai écrit le bordereau, à la prière du colonel Sandherr... de Boisdeffre, Billot et Gonse le savaient. »

À l'île du Diable, le 5 juin, Dreyfus fut prévenu de la décision de la Cour de cassation. Il ignorait pratiquement tout des événements survenus en France. Les geôliers censuraient les lettres de sa femme. Le nom d'Esterhazy lui était inconnu, comme la mort d'Henry, l'existence de multiples faux et l'immense mouvement d'opinion autour de sa personne.

Le capitaine pleura de joie, et déclara, avec naïveté, que le général de Boisdeffre s'était certainement rendu compte de son erreur.

Le 1er juillet 1899, Dreyfus débarqua en France, à Brest. Grand fut son étonnement de se voir diriger vers Rennes et enfermer dans une cellule de la prison militaire. Il croyait être libéré aussitôt.

Mais, tout de même, après quatre ans et cinq mois de séparation, on lui donna l'autorisation de rencontrer sa femme...

« L'émotion que nous éprouvâmes en nous revoyant fut trop forte pour qu'aucune parole humaine puisse en rendre l'intensité. Il y avait de tout, de la joie, de la douleur, nous cherchions à lire sur nos visages la trace de nos souffrances, nous aurions voulu nous dire tout ce que nous avions sur le cœur, toutes les sensations comprimées et étouffées pendant de si longues années, et les paroles expiraient sur nos lèvres... »

HISTOIR

Il y avait en 1894, à l'État-Major français, un jeune officier alsacien très savant, patriote et de bonne conduite appelé Dreyfus.

Par malheur, il y avait aus
dans son bureau, deux autres o
ciers : Du Paty de Clam
Henry, jaloux, intrigants, fo
bes. Ils complotèrent de le per
à la première occasion.

Les chefs, confiants en leur parole d'honneur, se laissèrent tromper et, croyant venger la patrie, condamnèrent Dreyfus.

Il fut condamné à perpétu
mais le jour où on lui arracha
galons il cria fièrement : «
dégrade un innocent, vive
France ! » Et beaucoup de g
versèrent des larmes.

’UN IN NT

n jour, un agent dévoué à la rance réussit à dérober un apier chez l’ambassadeur prus-en. C’était justement une lettre ’un Français qui offrait de ven-re sa patrie à l’Allemagne.

Du Paty et Henry en profitèrent aussitôt pour faire croire à leurs chefs et à la France que ce traître était Dreyfus.

oilà quatre ans qu’un brave et onnête officier alsacien, qui nore pourquoi on l’a con-mné, vit désespéré sur un cher au milieu du grand céan.

Pendant ce temps, sa pauvre jeune femme pleure toutes les larmes de son corps et ses deux orphelins crient : « Maman ! où est mon papa ? »

HISTOIR

Un beau matin, un colonel d'État-Major, le brave et magnifique colonel Picquart, découvrit le vrai traître. Il s'écria alors : « Il faut sauver l'innocent et punir le coupable ! »

Pour mieux tromper la France, ils firent emprisonner le colonel Picquart et voulurent faire condamner Zola, sous prétexte d'insultes à l'armée, mais ils n'y réussirent pas.

Il y eut aussi des civils com
Zola, Bernard Lazare, Jau
Duclaux (celui qui guérit
rage), qui réclamèrent la just
pour l'innocent, car eux au
avaient découvert le vrai traît

Les mensonges ont les jamb
courtes. Henry, pris la main da
le sac, avoue avoir fabriqué
faux papiers. On l'arrête, m
ses remords sont si terribles q
se coupe la gorge.

›'UN INNOCENT (suite)

:'était un autre officier, le pire les mauvais sujets, appelé Ester-ıazy, à la solde de la Prusse et ui voulait se faire uhlan pour nassacrer des Français.

Mais Du Paty et Henry, qui ne voulaient pas voir revenir Dreyfus, se mirent à fabriquer de faux papiers qu'ils mirent sur son compte et protégèrent Esterhazy, le traître.

'autre faussaire, Du Paty, fut hassé de l'armée. Quant au vrai aître, Esterhazy, il s'enfuit en ıllemagne. Bon voyage, mon-eur le uhlan !

Au jour prochain, on rendra ses galons à Dreyfus et la France glorieuse réparera noblement l'injustice faite à un de ses soldats les plus dévoués.

Chapitre 23

Les branches d'aubépine

Cela se passait dans la même salle, où, quelques mois auparavant, avaient surgi les hommes de La Ligue des patriotes, armés de leurs gourdins. Maxime parlait encore ce soir-là. La salle était pleine à craquer, étouffante de fumée. Dehors se tenait un groupe vigilant de compagnons charpentiers, prêts à recevoir comme il convenait toute visite intempestive.

« Dimanche prochain, disait Maxime avec force, la riposte populaire se manifestera ! Chacun comprend ce qui est vraiment en jeu. Et ce qui est en jeu, c'est la République ! »

Des applaudissements chaleureux saluèrent sa péroraison. Le jeune journaliste s'en fut se rasseoir, le visage perlé de sueur. Nora sortit son mouchoir et l'essuya elle-même.

« Tu as bien parlé, mon chéri.

— Il faut qu'il y ait du monde...

— Je déclare la séance levée, disait le président. Rendez-vous, tous, dimanche à Longchamp ! »

L'agitation factieuse continuait de plus belle, après l'occasion manquée de l'enterrement de Félix Faure. Généraux et colonels manifestaient sans retenue leurs sentiments royalistes. Leur presse grondait furieusement, chauffant les esprits, jour après jour.

Le dimanche précédent, Émile Loubet, le nouveau président de la République, avait été frappé sur le champ de course d'Auteuil par un certain baron Christiani. Pendant ce temps, quelques manifestants hurlaient en bas des gradins :

« Démission ! Démission ! »

Avant de s'enfuir à l'apparition de la police.

C'est pour répondre à cet attentat que les républicains appelaient à une contre-manifestation, le 11 juin à Longchamp.

« Rentrons à pied, proposa Nora. Je ne me sens pas très bien. Un peu d'air me rafraîchira. »

Ils s'en allèrent à pied tous les quatre : Maxime, Nora, François Barbier et sa femme.

« La politique, c'est souvent de l'opportunisme, dit Maxime. Nous voilà en train de soutenir Loubet, qui fut président du Conseil à l'époque du scandale de Panama.

— Cela donne un prétexte tout trouvé aux réactionnaires pour l'attaquer, ajouta Jeanne. Il est vulnérable.

— Ces hommes comptent bien peu finalement, répliqua Barbier. Loubet ou un autre, qu'est-ce que cela peut faire ? L'important, c'est qu'ils soient amenés à défendre certaines idées, parce que l'opinion les y pousse. Aujourd'hui, Loubet symbolise la République menacée. Défendons Loubet. Demain, nous irons plus loin.

— Tu as raison. »

Nora écoutait, attentive, accrochée au bras de son mari.

Le dimanche suivant elle paraissait souffrante. Et décida qu'elle attendrait Maxime à la maison au lieu de l'accompagner. Le journaliste s'inquiéta tout de suite :

« Nous irons voir un médecin. »

Nora sourit et l'embrassa.

Il faisait beau. Un grand soleil illuminait Paris.

Le président de la République se rendit de nouveau aux courses, escorté par plusieurs bataillons de cuirassiers à cheval. Mais les élégantes effarouchées eurent peur de se montrer comme d'habitude au pesage, revêtues de leurs toilettes nouvelles. Et les étrangers boudèrent aussi le spectacle, au grand désespoir des commerçants. On fit beaucoup moins de paris que de coutume. Les journalistes avaient été invités à revêtir des cottes de mailles sous leurs vêtements et six mille gardiens de la paix, renforcés par quarante mille hommes de troupe se tenaient en alerte, prêts à intervenir.

Jamais Maxime n'avait éprouvé le sentiment profond qui le saisit ce jour-là place de la Concorde. La foule arrivait de tous les côtés. La place était noire de monde. Les manifestants commençaient à défiler en direction du champ de courses et il en arrivait encore. Toujours plus. Comme Barbier, Maxime se sentait noyé dans cet océan humain.

Les faubourgs populaires avaient répondu à l'appel. Des dizaines de milliers d'ouvriers se mêlaient pour la première fois depuis longtemps à d'autres dizaines de milliers de Parisiens de toutes conditions sociales. Le journaliste se haussait sur la pointe des pieds. À perte de vue s'étendait la foule énorme, une houle agitée de casquettes, de chapeaux melons, de têtes nues...

Maxime marchait, se sentant tout petit, mais en même temps conscient de faire partie de cette force en mouvement, d'en être un élément constitutif et irremplaçable.

On chantait, on criait :

« Vive la République !

— À bas les factieux !

— Vive le président Loubet ! »

Certains racontaient de brèves bagarres dans certains quartiers, la présence des hommes de Déroulède, armés de casse-tête.

Maxime allait, heureux, respirant à pleins poumons.

Brusquement, il aperçut un groupe de quelques centaines de jeunes, tenant au-dessus de leurs têtes des branches d'aubépine. Et cela faisait d'immenses buissons fleuris en mouvement.

Il poussa Barbier du coude.

« On dirait Fourmies », fit-il.

Son camarade lui jeta un regard étonné. Il ne put s'expliquer, car des amis les interpellèrent à ce moment...

« Il paraît que les nationalistes se démènent dans le centre. »

Le journaliste rentra vers sept heures du soir. Sur les grands boulevards des groupes s'affrontaient. Les partisans de Loubet portaient un œillet rouge à la boutonnière. Ses adversaires un bleuet ou bien une rose blanche.

Nora attendait assise, souriante, un ouvrage à la main.

« J'ai tant pensé à toi, dit Maxime. Comment te sens-tu ?

— Bien.

— Et ton malaise ?

— J'en aurai d'autres. Ne t'inquiète pas. »

Ils se regardèrent. Soudain il comprit et s'exclama :

« Suis-je bête ! »

Elle rit, de son rire joyeux.

« Eh oui, dans quelques mois, nous serons trois », dit-elle.

Il la contemplait, ému par cette nouvelle. Et la tête encore pleine du spectacle exaltant de l'après-midi.

« Si tu le veux, murmura-t-il. Si tu le veux, et si c'est une fille, nous l'appellerons Maria.

— Maria ? »

Elle avait l'air étonné.

« Oui. Il faut que je t'explique... C'est le nom d'une jeune fille, une ouvrière, tuée à Fourmies, le 1er mai 1891. Elle portait dans ses bras de l'aubépine blanche quand l'armée a tiré. J'ai vu aujourd'hui des jeunes qui portaient aussi de l'aubépine... Il y avait des centaines de milliers de personnes à Longchamp... Comprends-tu ? »

Elle le regarda gravement :

« Je comprends », dit-elle.

Le lendemain, Jean Jaurès écrivait dans *La Petite République* : « Le peuple n'a pas permis à la réaction de s'emparer de la rue. Le Paris républicain des grands jours s'est levé hier avec force. Les ennemis du peuple ont disparu, et cette bataille a été une fête. »

La manifestation républicaine de Longchamp eut un effet immédiat : le 26 juin tombait le gouvernement Dupuy sur un débat à propos des poursuites contre le général Mercier.

Une majorité composée de radicaux, de socialistes et d'autres républicains élisait Waldeck-Rousseau président du Conseil.

Pour la première fois un socialiste entrait au gouvernement : Millerand, ministre du Commerce. En revanche, le portefeuille de la Guerre revenait au général Gallifet, chef de l'armée versaillaise en 1871, au temps de la Commune.

Les socialistes l'accueillirent à la Chambre aux cris de : « Massacreur ! Vive la Commune ! Assassin ! »

Gallifet s'assit à sa place en répondant tranquillement : « Assassin, présent ! »

Malgré ces contradictions, le gouvernement Waldeck-Rousseau constituait un progrès, sinon pour la défense des intérêts de la classe ouvrière (désorientée par le ralliement des socialistes à la bourgeoisie) mais du moins pour la défense de la République. Gallifet, d'ailleurs, n'appartenait pas au clan des généraux nationalistes. Il était peut-être le seul dont l'autorité pouvait leur être opposée.

C'est dans ces conditions que s'ouvrit, le 8 août, à Rennes, le second procès d'Alfred Dreyfus. Il dura plus d'un mois.

Ce fut la dernière grande bataille des chefs d'État-Major, dirigée par le général Mercier en personne. Ils mirent en action toute la puissance qu'ils détenaient encore.

« On aura vu là, écrivait Zola, le plus extraordinaire

ensemble d'attentats contre la vérité et contre la justice. »

Le général Mercier fit jouer à fond la raison d'État pour se justifier. Évoquant les événements de 1894, il déclara :

« Nous étions à un doigt de la guerre contre l'Allemagne. »

Il ne pouvait, bien sûr, s'expliquer davantage...

Le général de Boisdeffre réaffirma la culpabilité de Dreyfus :

« Esterhazy est un homme de paille. On l'a payé pour avouer au moment psychologique. »

L'argument était connu depuis longtemps.

Toute l'affaire fut embrouillée, noyée sous un flot de complications. Le plus simple des faits se trouvait remis en cause et dénaturé... Il y eut un coup de revolver tiré sur un avocat de Dreyfus, et un intermède, joué par un certain Cernuski, gendre d'un général d'Empire, déserteur, escroc et détraqué mental.

À Paris, nationalistes et antisémites préparaient une nouvelle tentative de coup d'État, sentant qu'ils devaient faire un dernier effort avant qu'il ne fût trop tard. Le duc d'Orléans, venant de Marienbad, croisait sur un bateau au large des côtes bretonnes, prêt à débarquer.

Le gouvernement réagit le 12 août. Une opération policière provoqua l'arrestation de quelques dizaines de comploteurs. Le nervi Guérin, un des lieutenants de Déroulède, se barricada dans un logement, rue de

Chabrol, et soutint un siège qui se prolongea jusqu'au 20 septembre. On appela l'épisode : *L'affaire de fort Chabrol.*

Esterhazy, toujours à l'étranger comme de bien entendu, abreuvait la cour de Rennes et les journalistes de lettres de menace : « Le jour où je voudrai parler, il y aura deux grands chefs qui n'échapperont pas au châtiment. »

Que voulait-il dire par là ?

Les juges militaires se devaient de sauver les apparences, quels que puissent être leurs propres sentiments.

En contradiction avec la Cour de cassation, le verdict du procès donna, par cinq voix contre deux, Alfred Dreyfus coupable. Mais avec circonstances atténuantes. Sa peine de prison était fixée à dix ans, au lieu de la perpétuité.

Cela ne présentait concrètement qu'une faible importance. On savait que le président de la République allait user de son droit de grâce.

Ce qui fut fait, le 19 septembre 1899. Le jour même, Alfred Dreyfus était libéré.

On entendit ce jour-là claquer bien des bouchons de champagne.

Le général Gallifet reprenait peu à peu l'armée en main, affectant en province les généraux les plus remuants. (D'autres prenaient prudemment leur retraite.) Il adressa une note sans ambages à tous les officiers supérieurs : « ... L'incident est clos. »

Le capitaine Dreyfus sort de l'audience.

L'incident, c'était l'affaire Dreyfus. Mais Dreyfus ne l'entendait pas ainsi.

« Le gouvernement de la République me rend la liberté. Elle n'est rien pour moi sans l'honneur. Je veux que la France sache, par un jugement définitif, que je suis innocent. »

Le vœu du capitaine allait être exaucé quelques années plus tard, une fois les passions calmées.

C'est seulement le 12 juillet 1906 que la justice et le gouvernement réhabilitèrent Dreyfus, le réintégrèrent dans l'armée avec le grade de commandant et le décorèrent de la croix de la Légion d'honneur...

Tout le monde se déclara satisfait. En France

comme à l'étranger. Car l'Affaire avait aussi fait un grand bruit hors de nos frontières.

Le major de Schwartzkoppen, en particulier, y songeait souvent. Une chose surtout intriguait toujours l'ancien attaché militaire allemand : toute l'affaire était partie d'un « bordereau », prétendument récupéré à l'ambassade, dans sa corbeille à papiers, par une femme de ménage.

Et ni lui ni personne, à l'ambassade, n'avait jamais vu ce « bordereau »...

Chapitre 24

Le secret de Sandherr

« On ne saura jamais la vérité », fit rêveusement Barbier.

Il tira une bouffée de sa pipe, regarda la fumée se diluer dans l'air du jardin et ajouta :

« Il faudrait un hasard, la découverte d'une preuve, enfouie on ne sait où, resurgie brusquement au grand jour.

— La preuve de quoi ? demanda Maxime.

— Écoute, Esterhazy livrait des secrets militaires à l'Allemagne. C'est entendu. Mais était-il le seul coupable ?

— La justice n'a poursuivi que lui.

— Cela ne veut rien dire. L'État-Major et le service de renseignements ne se sont pas entêtés à accuser

Dreyfus seulement pour empêcher une erreur judiciaire d'éclater au grand jour.

— Une erreur dont ils étaient responsables. Dans laquelle ils s'étaient enfoncés jusqu'au cou. D'où ils ne pouvaient plus sortir sans se déjuger complètement.

— Cela ne suffit pas à expliquer un tel acharnement. À expliquer les meurtres (impunis d'ailleurs) de Lemercier-Picart et du colonel Henry. À mon avis, il y avait autre chose.

— Peut-être.

— Sûrement ! N'as-tu jamais senti tout au long de l'Affaire comme une mystérieuse présence ? Quelqu'un dont on ne parle jamais et qui est au centre de tout ? Par exemple, un grand chef, coupable, et qu'il faut défendre à tout prix, sous peine de voir sombrer la caste tout entière ? Rappelle-toi ce qu'écrivait Henry dans sa dernière lettre au mont Valérien : "Tu sais dans l'intérêt de qui j'ai agi..." C'est clair ?

— Évidemment.

— D'autres faits me troublent. Cet aveu bizarre d'Esterhazy : "J'ai écrit le bordereau à la prière du colonel Sandherr"...

— Sans doute.

— Et encore : pourquoi Schwartzkoppen a-t-il toujours déclaré n'avoir jamais vu le bordereau ? »

Maxime ne répondit pas. Cet aspect de l'affaire Dreyfus ne l'intéressait qu'à moitié.

Mais François Barbier, lui, rêvait.

Il imaginait une scène qui aurait pu se passer en

Alfred Dreyfus.

1894, au mois de septembre, et qui eût expliqué bien des mystères[1] :

Deux hommes se tenaient debout dans le bureau du général de Boisdeffre, chef d'État-Major de l'armée. Il y avait là le gros général Gonse, et le colonel Sandherr, chef du service de renseignements, prédécesseur du colonel Picquart.

« Vous avez donc une preuve ? dit lentement de Boisdeffre. Voyons cela. »

De sa main fine, il prit le papier que lui tendait Sandherr, le parcourut soigneusement, hocha la tête. Puis réfléchit un instant encore avant de se décider. Alors, il frotta une allumette, enflamma la feuille et la jeta dans la cheminée.

Les autres ne disaient rien, regardant le papier se racornir, se tordre et se transformer en cendres noires, bientôt écrasées par un tisonnier.

« C'est la preuve... », murmura cependant Sandherr comme malgré lui.

De Boisdeffre eut un geste agacé.

« Comprenez bien, reprit-il. Nous ne pouvons pas voir mêler à une affaire d'espionnage le nom du chef suprême de l'armée, le généralissime Saussier. Le scandale rejaillirait sur nous tous, ternirait la confiance de la nation... Messieurs, nous devons croire que le généralissime a agi seulement par imprudence, par fai-

1. Ce qui suit a été développé d'après l'hypothèse émise par Henri Guillemin dans *L'Énigme Esterhazy* (Gallimard).

blesse pour cette Mme Weil. Et que cela ne se reproduira plus... Nous y veillerons.

— Comment cela, mon général ? hasarda Gonse.

— J'y viens. Depuis un mois, le commandant Esterhazy vend à l'attaché militaire allemand des documents que lui procurent ses amis Weil, femme et mari, amis intimes de notre grand chef. Il faut faire cesser le manège au plus tôt... En prenant soin de ne pas toucher à Saussier directement. Et en même temps, en l'effrayant assez pour qu'il comprenne. »

Il se tut. Ses deux interlocuteurs le regardaient, perplexes, ne sachant trop où il voulait en venir.

« J'ai un plan, dit de Boisdeffre. Voilà ce que vous allez faire. »

Il leur expliqua avec soin. Ils examinèrent ensemble chaque détail...

« Je devrai me servir d'un ou deux hommes sûrs, dit Sandherr.

— Choisissez avec soin.

— J'ai confiance en Lauth et Henry.

— D'accord. »

Et c'est ainsi que le lendemain matin, le commandant Henry se mettait en chasse, à la recherche de son vieux camarade Esterhazy. Le soir même, ils avaient rendez-vous au ministère de la Guerre, sous un prétexte quelconque, mais sans doute alléchant.

Esterhazy vint sans méfiance. Surprise : Henry l'attendait bien, mais aussi son inséparable ami, le capitaine Lauth. Et Sandherr parut à son tour.

Tout de suite, ce fut le grand jeu, mené tambour battant :

« Vous êtes pris au piège, gronda Sandherr. Nous savons tout !

— Quoi ? Comment ? Que voulez-vous dire ? Vous, un ami ! »

Le chef du service des renseignements accabla le traître de preuves. Depuis le début, on le suivait. Chacun de ses mouvements était connu. La mort serait son châtiment d'espion.

Esterhazy perdait pied, devenait livide. Il se croyait jusqu'alors invulnérable. L'État-Major allait-il compromettre Saussier, son chef le plus illustre ? Ce serait un combat de géants. Mais, dans ce cas, son compte à lui était bon, puisqu'il était pris entre l'arbre et l'écorce.

Soudain, il respira. Sandherr venait de radoucir sa voix :

« Nous avons une proposition à vous faire, commandant. Le généralissime doit rester en dehors de cela. Vous comprenez pourquoi. Nous sommes prêts à passer l'éponge. À condition d'avoir l'assurance que votre trafic s'arrête là.

— Je suis prêt à vous le promettre.

— Il nous faut une assurance solide, plus solide que votre parole. Quels sont les derniers documents que vous avez remis à Schwartzkoppen ? »

Esterhazy n'hésita pas :

« Une note sur Madagascar, des renseignements sur

le canon de 120 et sur les troupes en campagne, et puis... »

Quand il eut terminé son énumération, Sandherr ordonna :

« Qu'on lui donne un papier. Écrivez ! »

Le commandant hésita un instant. Il n'avait pas le choix. Il écrivit alors sous la dictée le texte de cette lettre qu'on appela « le bordereau » par la suite.

« Maintenant, fichez le camp, dit Sandherr. Je ne veux plus entendre parler de vous ! Et pas un mot à qui que ce soit. N'oubliez pas que nous avons là de quoi vous faire fusiller. »

Esterhazy ne se le fit pas dire deux fois et partit, tête basse, poings serrés, furieux d'avoir été pris au piège, mais tout de même heureux de s'en tirer à si bon compte.

Le colonel expliqua à ses deux adjoints :

« Nous allons faire semblant de récupérer ce papier à l'ambassade allemande par l'intermédiaire des cornets de Marie Bastian. Tous les officiers supérieurs seront mis au courant par de Boisdeffre. Ça ira même au Conseil des ministres. Saussier en éprouvera une telle frayeur qu'il n'osera plus recommencer son enfantillage. Est-ce clair ?

— Compris, colonel.

— Vous voilà tous les deux dépositaires d'un terrible secret... j'ose croire que vous saurez le garder... »

Le plan s'exécuta à la lettre. Le « bordereau » sortit au grand jour. Esterhazy n'appartenant pas aux services de l'État-Major, personne ne reconnut son écriture. Mais l'affaire fit grand bruit... L'effet attendu produit, on s'apprêta à ranger le papier dans un quelconque tiroir-oubliette.

Mais voilà que survint l'imprévu : le lieutenant-colonel d'Aboville, sous-chef du 4e Bureau, qui se mêla de faire sa propre enquête et accusa le capitaine Dreyfus.

Cela ne faisait pas partie du programme. Mais le général Mercier ne fut pas fâché de l'occasion offerte pour se mettre en valeur. Un coupable l'arrangeait bien. Surtout qu'il empêchait tout soupçon de se porter ailleurs.

La politique s'en mêla. Irrésistiblement, l'Affaire se mettait en marche. Impossible de reculer.

Saussier sembla comprendre tout de même et stoppa ses confidences. Seulement Esterhazy ne craignit plus de continuer ses affaires avec l'attaché allemand. Il essaya de lui procurer des renseignements jusqu'en mars 1896, par d'autres sources... En effet, l'État-Major ayant proclamé Dreyfus coupable, Esterhazy se sentait intouchable. L'État-Major ne pouvait rien dire. D'autant plus que Saussier le protégeait aussi directement, en reconnaissance de certains services rendus. Il n'eut peur qu'une seule fois : en recevant la lettre sibylline de du Paty de Clam.

Voilà ce qu'imaginait Barbier, tout en répétant :

« On ne saura jamais la vérité.

— Qu'importe l'aspect anecdotique de l'Affaire, dit Maxime. L'essentiel c'est qu'elle ait montré quel danger peut représenter l'armée quand on la laisse devenir un corps étranger à la nation.

— As-tu lu ce que vient d'écrire Dreyfus ? Écoute : "Je n'étais qu'un officier d'artillerie, qu'une tragique erreur a empêché de suivre son chemin. Le Dreyfus, symbole de la justice, ce n'est pas moi, c'est vous autres qui l'avez créé."

— Eh bien, tant mieux. L'affaire Dreyfus a fait la preuve qu'un crime peut faire réagir des masses de gens. Qu'il en soit toujours ainsi dans l'avenir. Que chaque homme se sente concerné par tout ce qu'il advient aux autres hommes... »

Bien des années étaient passées. La *Belle Époque* des riches s'acheva dans le sang, en 1914.

Jaurès, *l'apôtre de la Paix,* mourut assassiné au café du Croissant, en pleine crise belliciste, juste avant que la guerre n'éclate.

Émile Zola était déjà mort depuis 1902, victime d'un accident stupide (un crime peut-être) : la cheminée de son appartement bouchée, provoquant l'asphyxie. Paris lui fit de grandioses funérailles.

« Il fut un moment de la conscience humaine », dit de lui Anatole France.

Réintégré dans l'armée avec le grade de général de brigade, puis général de division, le colonel Picquart devint ministre de la Guerre de Georges Clemenceau. Il mourut en 1914, en pleine gloire.

Au centre le lieutenant-colonel Picquart.

Le général Auguste Mercier, ne s'éteignit, lui, qu'en 1921, à l'âge respectable de quatre-vingt-huit ans. Les sentiments « laïques et républicains » qu'il affichait en 1894 durent se modifier par la suite, car, en 1900, il se fit élire sénateur, sous l'étiquette monarchiste. À cette occasion ses amis lui offrirent une médaille en or, portant en effigie ces mots gravés : « Au général Mercier justicier du traître Dreyfus. »

Les généraux Mouton de Boisdeffre et Gonse furent tous les deux relevés de leurs fonctions et mis en disponibilité. Ils vieillirent tranquillement, sans problèmes.

Mention particulière doit être accordée à du Paty de

Clam, fils de vieille et noble famille, fiché à la préfecture de Police pour délit de droit commun. Également mis à la retraite d'office, en 1914, âgé de soixante et un ans, il s'engagea volontaire comme simple soldat sous les ordres de son fils. Et mourut deux ans plus tard à la suite de blessures reçues au combat.

Esterhazy ne revint jamais d'exil. Pour vivre, il vendait au plus offrant des souvenirs, plus inventés que réels.

Schwartzkoppen poursuivit une belle carrière dans l'armée allemande. L'affaire Dreyfus l'avait marqué à tel point que, sur son lit de mort, il criait en délirant :

« Français, écoutez-moi : Dreyfus est innocent. Tout n'était que faux et mensonges... »

François et Maxime pensaient à tout cela dans le petit jardin de banlieue où les Barbier avaient pris leur retraite. Il faisait doux. Un jour de printemps s'achevait. On entendait Nora qui parlait avec Jeanne dans la cuisine du pavillon.

Maxime regardait sa fille assise non loin de là. Maria lisait un journal, le visage attentif.

Cela le fit songer à un article qu'il devait faire pour le lendemain, et à une réunion à laquelle il devait assister.

Chaque jour apportait ses problèmes, ses injustices, ses espoirs, ses combats. Rien ne le laissait indifférent. « Ceux qui vivent sont ceux qui luttent », écrivait Victor Hugo. Depuis l'affaire Dreyfus, Maxime vivait intensément.

Principaux ouvrages consultés

Alfred DREYFUS : *Cinq années de ma vie. Les carnets du comte de Schwartzkoppen.*
Maurice PALÉOLOGUE : *Journal de l'affaire Dreyfus.*
A. CHARPENTIER : *Historique de l'affaire Dreyfus.*
Pierre MIQUEL : *L'Affaire Dreyfus* (Que sais-je ?)
Henri GUILLEMIN : *L'Énigme Esterhazy* (Gallimard)
R. GAUTHIER : *Dreyfusards. Prélude à la Belle Époque.* Collection G. Guilleminault (Denoël).
Journaux... Revues...

Bertrand Solet

Bertrand Soletchnik, qui signe le plus souvent Bertrand Solet, est né à Paris en 1933. Après ses études secondaires, il a suivi les cours de l'Institut des hautes études cinématographiques, puis ceux de l'École des arts et métiers. Il a fait un peu de journalisme. Chef du service de documentation dans une importante société commerciale, il consacrait à la littérature les loisirs que lui laissait son activité professionnelle. Il a écrit, dit-il, son premier livre à partir d'une histoire racontée à ses fils pendant les vacances. Beaucoup d'autres ont suivi, et particulièrement des romans dont l'intrigue est intimement mêlée aux réalités historiques et sociales.

Table

1. Au journal 9
2. Un certain bordereau 21
3. Le capitaine 29
4. L'opinion publique 37
5. Le procès 49
6. Dégradation 59
7. Fourmies 71
8. Une lettre 79
9. Promenade 87
10. Tananarive 95
11. Le « petit bleu » 107
12. L'oubli 117
13. L'incendie du Bazar 129
14. Lueurs 137

15. Agnès 149
16. J'accuse 157
17. Le procès de Zola 165
18. Rencontres 177
19. Après le procès 187
20. Un coup de théâtre 197
21. Amours 205
22. À quand le signal ? 211
23. Les branches d'aubépine 225
24. Le secret de Sandherr 237

Crédit photo

Page 187 : photo Bibliothèque Nationale. – Pages 10, 31, 66, 85, 101, 119, 134, 159, 199, 217, 220-223, 237 : photos Charmet. Pages 39, 52, 63, 112, 167, 194, 233, 244 : photo Illustration.

Si vous avez aimé ce livre, vous aimerez aussi dans la collection Le Livre de Poche Jeunesse :

Les derniers jours de Pompéi
Edward Bulwer-Lytton
La tragédie, en 79 après J.-C., de l'éruption du Vésuve, raconté avec une formidable proximité.
12 ans et +
N° 1102

L'espion de Bonaparte
Muriel Carminati
Mission secrète : transmettre un message à Napoléon pour organiser la guerre d' indépendance contre les Turcs car la Grèce aspire à la Révolte et pense que Napoléon peut l'y aider. Thomas, au côté de son oncle, joue les espions.
12 ans et +
N° 636

La nourriture des anges
Muriel Carminati
République de Venise, 1635. Un jeune Lorrain, Nicolas, est d'abord apprenti pâtissier avant de découvrir la peinture.
12 ans et +
N° 493
Prix du roman jeunesse 1993 du Ministère de la Jeunesse et des Sports

Une nièce de l'oncle Tom
Betsy Haynes
Traduit de l'américain par Anne Joba
En 1861, une jeune esclave noire de treize ans est vendue cinq cents dollars à un riche propriétaire. Mais elle se sent née pour être libre et rejoint ses frères dans leur combat.
12 ans et +
N° 36

Les Compagnons de l'Ombre
Jean-Pierre Kerloc'h
Paris, 1941, Pierric rencontre dans les catacombes les Compagnons de l'Ombre, avec lesquels il va entrer dans la Résistance.
12 ans et +
N° 677
Grand Prix des Lecteurs en 1990
Prix historique de la ville de Poitiers 1991
Livre d'or de la ville de Valenciennes 1992

Rebekah et le Nouveau Monde
Jackie French Koller
Traduit de l'américain par Daniela Bruneau
En 1633, Rebekah rejoint son père en Nouvelle-Angleterre. Leur mission : christianiser les Indiens.
12 ans et +
N° 595

J'avais deux camarades...
Hans Peter Richter
Traduit de l'allemand par Alain Royer
Trois amis, différents par le milieu, vivent les entraînements et les déchirements de la jeunesse sous la dictature nazie.
12 ans et +
N° 171

Promenade par temps de guerre
Anne-Marie Pol
Octobre 1918 : l'un des derniers bombardements de la guerre permet à Victor de s'échapper de l'hospice où il est enfermé depuis quatorze ans. Il part à la recherche de son père pourtant "porté disparu".
12 ans et +
N° 330

Mon ami Frédéric
Hans Peter Richter
Traduit de l'allemand par Christiane Prélet
Avant la guerre, deux Allemands sont inséparables. Mais l'un est juif et Hitler est résolu à tous les éliminer. Comment l'amitié peut-elle affronter une telle menace ?
11 ans et +
N° 8

Composition JOUVE - 53100 Mayenne
N° 307701s
Imprimé en Italie par G. Canale & C.S.p.A.-Borgaro T.se (Turin)
Dépôt éditeur n° 72505
32.10.2029.0/04 - ISBN : 2.01.322029.4
Loi n° 49-956 du 16 juillet 1949 sur les publications destinées à la jeunesse
Dépôt légal : avril 2006